Adriana Calabró • Albano Martins Ribeiro • Ana Peluso • Chico de Assis • Dora Castellar
Janaína Amado • João Peçanha • sara fazib • Thelma Guedes • Wael de Oliveira

dezamores

contos • poemas

escrituras
São Paulo, 2003

SESC
SÃO PAULO

© 2003 by autores
Todos os direitos desta edição cedidos
Escrituras Editora e Distribuidora de Livros Ltda.
Rua Maestro Callia, 123 - Vila Mariana
04012-100 São Paulo, SP - Telefax: (11) 5082-4190
e-mail: escrituras@escrituras.com.br
site: www.escrituras.com.br

Editor
Raimundo Gadelha

Coordenação editorial
Dulce S. Seabra

Capa e projeto gráfico
Albano Martins Ribeiro

Editoração eletrônica
Vaner Alaimo

Organização
Janaína Amado e Wael de Oliveira

Revisão
Nydia Lícia Ghilardi

Fotolitos
Binhos

Impressão
Bartira Gráfica

Dados Internacionais de Catalogação na Publicação (CIP)
(Câmara Brasileira do Livro, SP, Brasil)

Dezamores : contos, poemas / Adriana Calabró...[et al.]. – São Paulo : Escrituras Editora, 2003.

Outros autores: Albano Martins Ribeiro, Ana Peluso, Chico de Assis, Dora Castellar, Janaína Amado, João Peçanha, Sara Fazib, Thelma Guedes, Wael de Oliveira.

ISBN 85-7531-106-9

1. Contos brasileiros - Coletâneas 2. Poemas brasileiros em prosa - Coletâneas I. Calabró, Adriana. II. Ribeiro, Albano M. III. Peluso, Ana. IV. Assis, Chico de. V. Castellar, Dora. VI. Amado, Janaína. VII. Peçanha, João. VIII. Fazib, Sara. IX. Guedes, Thelma. X. Oliveira, Wael de.

03-5637   CDD-869.9308

Índices para catálogo sistemático:
1. Coletâneas: Contos: Literatura brasileira   869.9308
2. Coletâneas: Prosa: Literatura brasileira   869.9308

Impresso no Brasil
Printed in Brazil

sumário

1	prefácio	5	João Silvério Trevisan
	hoje seria um poema	8	Dora Castellar
	recorte de jornal	10	Ana Peluso
	imaginação	11	Wael de Oliveira
	batismo de ar	12	Adriana Calabró
	in verso	15	sara fazib
2	lá no interior	18	Adriana Calabró
	truco	20	Albano Martins Ribeiro
	a epifania	23	Thelma Guedes
	pensamento de relance	26	Ana Peluso
	na hora marcada	27	sara fazib
	estelionato	29	Wael de Oliveira
3	lua nova	32	sara fazib
	febril	33	Ana Peluso
	flash	34	sara fazib
	cabaré	35	Chico de Assis
	refeição rápida	36	Dora Castellar
	pôr-de-sóis	38	Ana Peluso
	iônica	39	Wael de Oliveira
	pardon!	40	sara fazib
4	pra ver o mar	42	Albano Martins Ribeiro
	algo na paixão	46	Ana Peluso
	sufoco	47	Wael de Oliveira
	treze	48	sara fazib
5	i lha	50	Ana Peluso
	antimuso do amor fatal	51	Ana Peluso
	teu fígado numa bandeja	53	João Peçanha
	tête-à-tête	58	sara fazib
	tese	59	Wael de Oliveira
6	o peido	62	João Peçanha
	do quarto ao banheiro	67	Chico de Assis
	dedos	70	Albano Martins Ribeiro
	um dia depois do outro	72	Dora Castellar

7

cinema mudo	82	*João Peçanha*	
amor barato	86	*Wael de Oliveira*	
jaculatória	87	*Wael de Oliveira*	
dia da caça	88	*sara fazib*	
ardor	89	*Ana Peluso*	

8

serenata para Daniel	92	*Adriana Calabró*
espelho baço	94	*Albano Martins Ribeiro*
desejo	97	*Ana Peluso*
palavra inútil	98	*Wael de Oliveira*
acalanto	102	*Wael de Oliveira*
a adormecida	103	*sara fazib*
la noblesse oblige	104	*sara fazib*

9

a casa dos ventos	108	*João Peçanha e Thelma Guedes*
garoa	120	*Wael de Oliveira*
palavra inventada na hora	121	*Ana Peluso*
alea jacta est	123	*sara fazib*

10

a chave do nada	126	*Chico de Assis*
amarilis	131	*Dora Castellar*
gênesis	135	*Wael de Oliveira*
dupla abstenção	136	*Adriana Calabró*
liberté	138	*sara fazib*
barroca	140	*Wael de Oliveira*
píncaros precipícios	142	*Janaína Amado*

dezautorias 161

prefácio

Sempre tive problema em assumir paternidades. Não gosto da idéia de sustentar as expectativas dos filhos e, depois, conviver com sua necessidade de matar o pai. Pois bem, gostando ou não, no decorrer da vida arranjei um bocado de filhos – não biológicos, claro. Acabei adotando filhos literários. São escritores/as iniciantes (de todas as idades) que têm freqüentado as oficinas literárias por mim coordenadas há 15 anos, os cinco últimos através da Internet, no site www.sescsp.org.br – como parte do amplo projeto cultural do SESC.

Dezamores funciona como a primeira amostragem explícita da produção literária a partir das minhas oficinas virtuais, que estes autores/as freqüentaram. Provenientes de diversas partes do Brasil e de diferentes turmas, eles/as decidiram continuar encontrando-se via Internet, findo o intenso programa da oficina, para criar textos e discuti-los em conjunto. Eu incentivo seriamente essa continuidade, pois um dos objetivos do meu método pedagógico é liberar escritores/as iniciantes das amarras de mestres, mitos e escolas, para que batam suas próprias asas, criando grupos literários produtivos e assim rompendo o isolamento terrível que cerca o fazer literário nesses cafundós sem fim do Brasil.

Enquanto não saem do papel projetos meus de dar continuidade editorial a novos escritores/as, aceitei prefaciar o livro destas filhas e filhos literários. Aceitei porque eles/as merecem. São talentos em processo de maturação. (Mas quando nossas criações ficam "maduras"? Espero que nunca: que cresçam e inventem sem limite, é o que a expressão poética exige.) Quero dizer: talvez nem sempre o resultado seja totalmente satisfatório, mas o que me encanta aqui é a consciência do projeto e a densidade da linguagem nos contos e poemas. Isso não é pouco. Trata-se de ir contra a corrente, num momento em que as preocupações de profissionalização literária parecem se resumir, cada vez mais, em contar histórias de maneira "realista", rasa e utilitária, visando basicamente entrar nas listas de mais vendidos. Portanto, provoca legítimo entusiasmo deparar-se com estes "clandestinos" que trabalham a expressão literária como "linguagem carregada de significado até o máximo grau possível", no dizer de Ezra Pound. O fato é que nestes textos há muito mais do que mera promessa. Já se descobriu o caminho das pedras, que está sendo trilhado. E ele aponta para um processo de grandes encontros individuais com a literatura, chegando até experimentações de diluição narrativa, com radical inserção da linguagem cinematográfica no coração da expressão literária. As sete autoras e três autores aqui presentes transitam à vontade pela prosa ficcional e pela poesia, às vezes borrando saudavelmente as fronteiras entre uma e outra. Sempre atrás dos rastros tortuosos do amor humano. À mencionada densidade de seus textos acrescenta-se uma grande sensibilidade em flagrar recantos amorosos obscuros, com olhos de lança, e escritura de bisturi. Há ironia fina que perfura o romantismo (um diálogo em que a mandioca vendida intermedia o erotismo subjacente); ou misericórdia amorosa em meio à ironia (nem sequer um peido é notado no quarto que outrora foi do amor); ou ambigüidade mordaz (a menina que se descobre santa na paixão pelo padre-anjo); ou amargura misturada à tragédia (um homem sem amor descobre seu sentido na literatura, tarde demais); há morbidez nos sonhos da impotência amorosa (o adolescente virgem que inventa amantes em suas fantasias masturbatórias); às vezes mistura-se amargura e cinismo com a perda amorosa (o velho morto que assiste à amada despedir-se, quase decepcionada com sua morte); há melancolia pelo amor perdido, sobretudo nos poemas, muitos deles belos, belos e surpreendentes, que freqüentam a mordacidade jocosa e o erotismo matreiro, às vezes usando atrevidamente recursos da prosa.

As centelhas dispersas neste livro fazem prever transfigurações poéticas, num futuro próximo. Convém ficar de olho nessa turma, a quem desejo longa vida literária.

João Silvério Trevisan

Oh, Deus, quem será meu par neste mundo?
Clarice Lispector

hoje seria um poema

Dora Castellar

Eu queria fazer um poema hoje. Não um poema qualquer, desses pegos no ar, sem intenção. O poema que eu faria hoje seria para você. Ele seria uma mensagem com inteligência própria, o que quer dizer que saberia encontrar todos os caminhos, saberia escalar montanhas e costear precipícios e até navegar oceanos para chegar dentro de você e se entregar. Entraria pela sua boca, talvez, e então aproveitaria para sentir o cheiro da sua saliva e aprisionaria por um momento a sua língua estremecida. Talvez pelos olhos. Se entrasse pelos olhos, meu poema se desnortearia um pouco, iluminado no centro de um palco, mas logo saberia mostrar-se ao brilho deles e dançaria, só para você. Talvez antes de tudo apenas se aninhasse na palma da sua mão levemente fechada, e ficasse se aquecendo ali durante um tempo, enquanto você dorme. Pode ser também que ele preferisse entrar pelo seu desejo, embora soubesse que teria que despertá-lo, o desejo, e para isso inventaria carícias e escorreria pelo seu peito, se enrolaria no seu mamilo, subiria roçando as unhas de leve até a nuca só para depois mergulhar e chegar ao seu sexo de improviso, descarado e libertino, ouvindo as palavras roucas que você estaria dizendo e sentindo sua pele desperta e suas mãos querendo e possuindo. Com a força que elas têm quando querem e possuem. Poderia entrar como um suspiro. Nesse caso especial meu poema entraria junto com o ar que você respira, e sentiria, infantilmente, que precisa existir porque é necessário para a sua vida. E se escolhesse esperar o seu convite? Teria que criar novas artes, dia após dia. Treinaria a paciência de sentar-se ao seu lado nas horas perdidas. Mais, seria a cadeira para você sentar-se, perdido. Também acompanharia qualquer bebedeira ou desatino. Usaria disfarces domésticos para a rotina, como o de um cão que recebe o dono louco de felicidade, por exemplo. Levaria você para um banho de mar durante a noite quando você estivesse inspirado, na hora que se pode ver a lua saindo dele, a cabeleira pingando água. Se fosse preciso — e com certeza seria preciso — diria em seu ouvido todas as palavras de amor e beberia da sua boca, finalmente, o sim. Então, é claro que meu poema já estaria dentro de você, inteiro e entregue. E eu estaria, enfim, feliz.

recorte de jornal

Ana Peluso

Procura-se quem seqüestre coração. Faça folia e carnaval. Beije na boca, diga que ama, leia poemas à meia-luz. Não tenha medo das águas profusas, que, confusas, já se misturam.

E deixe em ordem a desordem da casa: volte pra sempre todos os dias.

imaginação

Wael de Oliveira

Bem me enrolas
e, pra te agradar,
dou tratos às bolas.

O diabo é o papel ser carbono, nem bem é escrito e já impregna conteúdo na memória.

batismo de ar

Adriana Calabró

Estava lá a aparição, turvada pelas dúvidas de algum passado. O nariz, fino e comprido, esculpido a cinzel, os cabelos anelados, compromissos hipotéticos, seduzindo os meus dedos. Pude vê-lo melhor quando se levantou de uma das mesas do restaurante e pôs-se a fumar no bar, sozinho, curvado, o banco comprido e magro emaranhando em suas pernas. Italiano, do sul, sim, certamente do sul. A pele moura, curtida, os olhos rápidos. Era insuportável não o conhecer. Na mesa repleta provavelmente estavam os seus familiares, a esposa, a irmã, até a amante, quem poderia dizer? O rosto-estátua era tão familiar que parecia moldado por mim. Eu deveria dizer-lhe algo ou, pelo menos, expor-me andando pelo corredor ladrilhado de preto-e-branco. Era imperioso tomar atitude porque se a existência parou não foi por acaso. Mas nada. Na mesa em que eu era servida, o assunto se afirmava trivial e, mais branda do que cera, fui apenas capaz de sorrir. Fitei minha tia carcomida, contando histórias como quem atira cordas ao cais e concedi um olhar de compreensão. Os olhos dela desviaram-se, mas seu corpo continuou voltado para mim, o que na linguagem de minha tia Anita significava que o foco ainda não tomara outra direção. Surpresa talvez com um tão inesperado afeto meu.

Ele, passei a chamá-lo Enrico enquanto ainda não o conhecia, terminara as baforadas e dirigia-se ao seu lugar. Trazia de volta aquele nariz, grande e arquitetado, e a boca coberta por um bigode fino (quem diria, sempre odiei bigodes).

Era minha oportunidade. Resolvi levantar-me rapidamente, tomar a direção do lavabo e passar por ele no estreito caminho entre as mesas. Na proximidade senti um cheiro mediterrâneo, mesclado com os humores do restaurante e com o vapor do caldo que cambaleava na bandeja. Pude ainda atentar para as mãos, desenhadas por algum Leonardo. Nada além. Para cortar qualquer possível mau agouro — minha prima Roseta ocupava o lugar à minha esquerda — quando sentei novamente à mesa revoguei o nome de batismo, decidi por Ruggero.

A mulher que o esperava ofereceu-lhe o braço, mas ele hesitou. Preferiu afagar a pequena garota que, segundo demonstravam o tom de pele e o formato do nariz, era sua filha. Roseta me cutucou para apontar as sobremesas e, por sorte, mirando o carro de tortas confeitadas, eu enquadrava Giuseppe perfeitamente. Nesse momento, tive o puro deleite de também contar com os seus olhos, cor de mel. Não disfarçou o interesse, pelo menos não até a esposa arrecadá-lo de volta à conversa.

Apesar do pequeno indício, não tive coragem para qualquer iniciativa e quando o vi partindo, através do vidro, logo bebi o que restava na taça de vinho. Envolvi com a língua o sabor forte do Marsala e enxurrei com um gole qualquer vestígio de ilusão. Lá fora a chuva molhava a fronte mais bela que um homem poderia ter. Um homem chamado Salvatore.

Hoje tenho quarenta e cinco anos, casei, pari, enviuvei, omiti. Ao contrário do que eu poderia supor, a história da minha vida não ganhou magnitude. Quando vi minha filha de seis anos, brincando de adulto, dei-me conta que na verdade os crescidos é que assumem as brincadeiras de maneira tão desestimulante que a melancolia dura até o fim da vida. Meu marido, Pedro, era um homem bom, provedor, tão cuidadoso com a família que quando perdeu o alcance de tanta gente que morreu e ainda estava para nascer, teve um aneurisma. Eu penso nele nas noites de insônia, alternando gratidão e ira, como em convulsões. O assustador é que nas noites de calmaria — atenção: em seguida direi *sonhos* pela carga de culpabilidade — só o que me vem em sonhos é a cabeça encaracolada de Marcello. Sim, o Marcello do restaurante. A diferença é que agora os fios são de prata e a pele rija ganhou algumas pequenas linhas, como se ele tivesse envelhecido ao meu lado. Os — direi *sonhos* por mero pudor — eventos destes meus sonhos são tão profundamente eróticos que não é preciso nem uma ponta de nudez, nem um contato além da carícia sacra de dedos envolvidos por cabelos anelados. Pensando bem, já na primeira vez que o vi foi assim. Na barra do bar onde ele acendeu a cigarrilha, estava um maço de rosas vermelhas. O terno preto, a camisa branca, o arranjo de flores firmavam composição tão harmoniosa que minha respiração alterou-se em gozo. Que meu marido, onde esteja, nunca possa ler esse pensamento, nem saber que aquele homem, Giovanni, de longe e de terno, pôde satisfazer-me.

Hoje de manhã saí com o carro. Ao meu lado minha filha, tão suave, tão desobrigada, devaneava com o olhar voltado para fora. Curiosa, fui buscar a razão de suas atenções.

— Borboleta.

Não era. Castanha e desesperada, hipnotizada pela luz inclemente, uma mariposa fazia vôo helicoidal em direção ao sol. Inteiramente preparada para extinguir. Nem de longe bela, tinha vida pregressa de larva, tinha verdade na ausência de colorido.

Algo assim, pensei, algo assim é o amor.

Agora vou tomar um chá — ultimamente peguei esse horrível vício, algo ancião — depois vou apagar a luz do quarto de Mariana, aconchegar-me no edredon e torcer para sonhar. Digo *sonhar* por covardia já que é quase um encontro marcado. Não sei se há outra maneira de ter o meu querido, minha aparição, nem sei se quero macular o que já é perfeito na sua imaterialidade. Mas só por via das dúvidas, só para que não digam que eu não tentei, só para que não me acusem de jogar minhas reflexões ao vento, vou deixá-lo sem nome esta noite.

Vamos ver o que vem.

in verso

sara fazib

Se me tirassem a máscara
os olhos, a pele, os cabelos
amariam o meu avesso?

No mundo de cegos
há menos questões e enganos.

Se você jurar que me tem amor
Eu posso me regenerar
Mas se é pra fingir, mulher,
A orgia, assim, não vou deixar

Ismael Silva e Nilton Bastos

lá no interior

Adriana Calabró

— Olha a mandiocaaaaa!
Mandioca? Assim cortada, vendida aos feixes, como na terrinha, lá do interior? Vontade de dar uma olhada, só pela janela. A patroa não gosta que compre coisa na rua. Motivos de segurança.
— Olha a mandiocaaaaa!
Só uma espiadinha e já ia voltar para o trabalho. Encostou a vassoura na parede, enquadrou os olhos em um dos gomos da vidraça e imediatamente esqueceu-se do pacto. Mais imposto que firmado. Cada mandiocão gente, de casca escura, hummm, que delícia. Vou lá conversar com o home, ela nunca vai sabê.
— Pra quanto tá o quilo?
— É dois real.
— E... é das boa?
— Ô, pra virar freguesa.
Ela então olhou para as mandiocas e também para o negro bonito que as vendia. Carregava no carrinho de mão enferrujado as raízes compridas e marrons da mesma cor do seu braço forte. Ele pegou uma e entregou na mão dela. Mas não se sabe se pela confusão dos tons, homem e raiz, um saindo do outro, a mulher ficou vermelha como um pimentão.
— Não, não, já tô vendo que tá boa.
O homem levantou a mandioca e falou, seguro:
— E tem mais: é daquelas que fica cremosa quando faz...
Agora nem mais pimentão, já era beterraba, roxa de vergonha.
— Pega só pra ocê vê...
E agora? Não teve maneira de escapar daquele tronquinho torto e

comprido, apontado na sua direção. Teve de pegá-lo. Primeiro com pudor, depois com firmeza e, em pouco tempo, de um jeito que foi nele que deu encabulamento. A moça alisava com carinho a pele com reentrâncias.

— Faz tempo que não vejo uma assim, como na minha terra...

— Descasco num instante...

O homem começou a despelar três mandiocas, desfolhando com maestria em circunvalações. A espiral ia descendo, mostrando o branco leitoso, iluminado. Nudez daquela que tanto tempo viveu debaixo da terra. Contraste do branco com o marrom.

A moça, já lembrada da vergonha, respirou, ajeitou a saia manchada de cândida e virou a cabeça para a porta, certificando-se. Mesmo com os medos da patroa, ela ousou: foi buscar um saquinho de supermercado e o seu próprio dinheiro para pagar. O plástico amarrotado mexia com o vento e, graças à Deus, disfarçava o tremor das mãos. Pensando bem, para que tanta preocupação? Quando a senhora gorda visse a mandioca frita na mesa, crocante, nem ia perguntar de onde veio. Ia comer todos os pedacinhos levados à mesa. Com o dedo mínimo levantado, e um a um, para disfarçar a voracidade.

— Pode abrir.

— Hã?

— Pode abrir — disse o vendedor mirando o saquinho com os olhos.

Ela revelou a abertura, oferecendo. Ele depositou uma, depois a outra, depois a outra, seguindo um certo ritmo. Em vez de corar, agora estava lívida, como leite, como clara de ovo batida. Olhou só com canto de olho e viu o sorriso, contraste do branco com o marrom.

— Quanto é?

Ele olhou para a expressão meio molenga dela, tal cebola refogada, olhou a pontinha dos mamilos despontando na camiseta velha e listrada e deu um sorriso maroto.

— Né nada, não! Mas num isquece de dizer pras amiga o quanto é boa a minha mandioca.

E saiu falando com ritmo, empurrando o carrinho enferrujado, com mais confiança ainda no produto que tinha nas mãos.

— Olha a mandiocaaaaa!

truco

Albano Martins Ribeiro

    Pousado no registro mais alto do banheiro, o mosquito observa o homem no escuro, em pé em frente à janela grande basculante. Prédios vizinhos e diferentes, e esta janela fica em frente à de um quarto alheio, três metros uma da outra, abertas. O quarto. Luz apagada. Cabeceira da cama. Por janela basculante não se vê nada por inteiro. Pedaço do armário. Daqui, há pouco o que ver no quarto. Cabeceira da cama. Luz apagada.
    De memória, o homem assiste ao ritual da vizinha, nem tão bonita que mereça a tocaia, mas tão nua e tão constante que passou a lhe merecer atenção, um carinho secreto. Confere o relógio, pode ver as horas, uma das fatias de luz da lua que passa pela janela o ilumina todo às listas, faltam sete minutos.
    Parado em pé, não há onde encostar, outra posição impossibilita o espetáculo, e só repara nisto porque ainda não há mais no que reparar, ela não chegou, faltam seis minutos e daqui a seis minutos ele não pensará mais nisto, verá a luz se acendendo, sinal para que se afaste meio metro da janela para não ser visto, e a mulher entrará no campo de visão, jogando bolsa sobre cama não vista, puxando blusa pela cabeça, soltando botão da calça, parece sempre tão apertada, descendo zíper, andando pelo quarto olhando chão como quem o inspeciona enquanto pensa em outra coisa, parando para tirar calça, pena não morar no andar de cima, veria suas pernas além dos seios são lindos, mas não olharia pernas, mesmo com as marcas do sutiã que os aperta eles são lindos, macios, parecem doces até, bicos da cor e que devem ter sabor de bolachas, ainda faltam quatro minutos, há tempo para um cigarro, o põe na boca, acende o isqueiro a olhar a chama e quando volta os olhos para o quarto que deveria estar escuro a vê ali, em pé, em frente à janela, bolsa ainda a tiracolo,

a olhar para ele, recém-iluminado pelo fogo do isqueiro e ainda visível mesmo no escuro, a lua o enche de listas brancas e lá está ele, pálido de tão claro, caçador quando vê que foi visto. Pela onça. Truco!

Percebe agora que nunca tinha lhe visto os olhos, castanhos-claros muito claros, cor de mel, mel com bolachas. É bonita. Três metros distante. Bate-lhe um coração em cada ouvido, o cigarro na boca pulsa a cada pancada. Ela não se mexe, pedra pura e mel com bolachas. Três metros, e ela não se move um centímetro. Um centímetro qualquer que fosse, e ele interpretaria. Abaixasse a cabeça um centímetro, eu te mato, filho da puta! Levantasse a cabeça um centímetro, está olhando o quê, filho da puta? Virasse um centímetro à esquerda, não me conformo, esse filho da puta me olhando, por quanto tempo, desde quando? Um centímetro à direita, esse safado aí me olhando, e se olha é porque gosta, e até que não é feio o filhinho da puta. Mas nada. A cabeça não se mexe. Um minuto disso e percebe que é sua a vez de jogar, é sempre a vez de quem demora, é sempre a vez de quem pergunta de quem é a vez.

Ela ouviria se lhe falasse? Se lhe falasse, o que diria? Olhos nos olhos dela, solta o isqueiro que faz um plique ao bater no piso frio, sonoro como um tiro. Os olhos dela quietos, pedra com mel. Lança o cigarro aceso na direção da privada, sabe que acertou pelo chiado da brasa na água. Os olhos dela são pedra pura, mel com bolachas. Junta as mãos no peito e começa a desabotoar a camisa, olhos nos olhos dela. Abre-os todos e deixa a camisa cair pelas costas. Quer sorrir mas não pode, se imagina sorrindo e se vê ridículo. Solta a fivela do cinto, botão, zíper, e a calça cai. Um lento passo de dança e está sem sapatos, ama os mocassins sem olhar para eles. Pela primeira vez em dois minutos, tira os olhos dos dela para se abaixar e voltar a se levantar sem cuecas. Quando volta, lá estavam os olhos dela, no mesmo lugar, mel com pura pedra e bolachas. Seis, ladrão!

Jogo sem regras, não há o que impeça de se jogar duas vezes seguidas, um passo atrás e pisa na camisa, dois passos três passos os olhos nos dela, pedra e bolachas com mel puro, quatro passos as costas tocam a torneira fria do chuveiro, a mão direita lhe dá duas voltas e a água lhe desce sobre a cabeça, fria mas cada vez menos, ouve dois tambores batendo nos ouvidos, o coração se não explode agora é invencível. Fecha os olhos, apanha a garrafa de xampu, lava a cabeça, faz uma espuma que lhe parece imensa, que vai morrer afogado em espuma, abaixa os braços, quer abrir os olhos, ver se ela está lá, levanta o queixo e a água livra a cara da máscara branca. Abre os olhos entre pestanas encharcadas e ela está lá, no mesmo lugar, olhos nos dele, mel puro e bolachas. Ela sorri.

Ele apanha o sabonete e se ensaboa, se alisa, esfrega, agora que ela sorriu ele também pode, mas só um pouco, passa a mão por si por onde pode sem ter que se abaixar, deixa a água levar a espuma, fecha a torneira e sorri igual. Tem medo, mas sorri. Os olhos dela são mel puro. O mosquito se solta do registro, dá uma volta no ar e aterriza na cara dele, enterra o ferrão, sangue que lhe dará sustento, tem fome, precisa procriar. Ele sente a espinhada e dá um tapa na cara, espatifando asas e pernas e água com espuma de xampu e sabonete, o mosquito.

Da sua janela, a moça franze os olhos. Por que o tapa? Será mesmo louco o filho da puta? Até que não era feio... Recolhe as cartas e fecha a janela.

a epifania

Thelma Guedes

    Mãozinhas postas. Amareladas como cera. Estavam lá, entre as velas acesas do quarto de reza. Pretas e ondulantes, as sombras vesgas de minhas mãos pequenas vertiam feito lama. Lavas inquietas, foscas. Tremiam na tinta verde dos caroços das paredes. No quarto de reza da casa de minha madrinha.
    As vozes postas. Como as mãos. Os olhos presos na figura de um homem que puxava a oração. O padre. O corvo. Jovem sério, mergulhado numa túnica escura e sombria que o escondia.
    A túnica que me aguçava os sentidos de menina: o que dentro daquela mortalha haveria? o corpo do padre... ai, como aquele corpo seria?
    No quarto verde e ondulante, repleto de velas que enviesavam meus sentidos, como vela acesa eu pecava, pegava fogo, ardia, me consumia. Pois era o padre o único homem que na vida eu via.
    As ave-marias, os padre-nossos, os creio-em-deus-pai, as salve-rainhas prosseguiam em sua rotina cíclica. A cadência de vozes desencontradas, que repetiam, repetiam e repetiam a mesma lenga-lenga do rosário, que me embriagava, me entorpecia, misturando-se ao meu sonho em carne viva.
    Pois naquele recinto santo eu comia o padre. Na frente de todas as fiéis, na frente de minha madrinha, de minha mãe, de minhas tias. No quarto de reza, eu dava a mordida proibida, na hóstia, na carne, no padre. Adivinhando os mistérios do corpo de um macho. E me regalando com a mais pura e safada imaginação de menina.
    E eu era pequena. Quinze anos eu teria? Talvez. Bem franzina. Rezando e pecando, rezando e pecando, rezando e pecando a um só tempo. Em aflição, como uma santinha, lançava-me ao martírio de sofrer aquela tentação dolorida. E sofria. Era meu gozo, minha perdição, meu deserto, meu demônio, minha doce salvação lasciva.

O ouvido zunia, enquanto eu apertava as pernas, me espremia. O osso de uma perna na carne fresca da outra quase feria. Olhando o padre e esperando o seu olhar de perdão manso, como uma pata macia, atrevida. Eram os olhos dele que eu esperava, porque com os olhos ao mesmo tempo que ele me perdoava me despia. Um centauro, um ser dividido: meio homem, meio emissário divino. O Bem e o Mal num só olhar. O anjo da redenção e o decaído.

O olhar úmido e másculo que eu recebia era o ponto final, eu sabia. A reza terminava ali. As vozes voltavam às gargantas, os véus e mantas aos baús de naftalina. E o meu desejo voltava para mim, suspenso, à deriva, fazendo doer os lábios da vagina túmida.

Uma vez por semana, duas horas apenas, divinas: essa era a minha vida. Os outros dias eu passava lenta e rabugenta, entre perfumes, leques, babados e gritos agudos de mulheres.

É certo que havia também alguns meninos na casa em que eu vivia. Mas eram pequenos, imberbes, tolos, sem o cheiro ardido do sovaco do padre, que de longe eu farejava. E tanto queria.

Mas não era só o cheiro do sovaco que me atraía. Era também o hálito. Encorpado. Feroz. Salgado. Eram as mãos enormes. As veias azuis saltando, segurando o terço, o livro sagrado, a água benta aspergindo.

Eram os pêlos das mãos que seguiam para os braços. E era, além de tudo, o que eu não via do padre. O que o tecido grosseiro da batina encobria. O que nele havia de mais secreto, perigoso e querido: o peito, a barriga, as pernas, e entre as pernas, ai, meu Deus, como seria? Mistério maior que a trindade santíssima, que a concepção virginal de Maria, que a ressurreição da carne, que a morte, amém, que a vida.

* * *

Naquela tarde, me preparei para a oração de padre Jonas com atenção especial. Como se adivinhasse que algo de anormal aconteceria.

A roupa impecavelmente branca, como as vestes das noivas, dos anjos dos eremitas. Os sapatos de verniz, brilhantes, com laços de fita azul. O perfume de alfazema exageradamente espalhado pelo corpo. Os cabelos soltos, lavados e penteados, fio por fio. Eu estava pronta para recebê-lo. Para dizer o sim, se ele me quisesse. Para dar e receber. Sem ao menos saber o que daria ou receberia.

O padre chegou suando muito. O calor insuportável daqueles dias de verão nordestino cansava, adensava nossas faces, envelhecia. Por isso, ele estava mais soturno, mais suado, mais salgado. E deliciosamente fedia.

Beijei a mão do padre, com tamanho fervor que de leve lhe toquei com a língua. Degustei secretamente o sal de sua carne. Desejei dar-lhe uma mordida.

Depois, enquanto começava a prece, de olhos fechados, aspirei o fedor dos humores quentes e azedos de padre Jonas. Desesperadamente, eu desejei o padre mais do que qualquer menina poderia.

Até a última gota, até a última conta do terço que eu seguia, eu persegui seu cheiro. E esperei seus olhos. Mas naquele dia, o olhar final do padre, que sempre arrematava o nó da minha agonia, ao contrário, determinou uma hecatombe que eu desconhecia.

Assim que o padre lançou os olhos sobre os meus, algo explodiu do ponto central que as minhas pernas espremiam. A explosão me tomou, como um susto, uma revelação. Meu corpo, meus órgãos e meus líquidos foram sacudidos violentamente, pulsando pela primeira vez, como o coração de um ser recém-concebido. Eu fechei os olhos para sentir melhor a vertigem, as pernas bambearam, e eu caí no chão. Vermelha, tremendo, gemendo. O coração acelerou, a vida subiu e por mim se espalhou. Eu estava vivendo plenamente a minha paixão.

Assustados, todos me acudiram. E foi aí que o inesperado aconteceu: padre Jonas colocou-me em seus braços e me levou até minha cama. E não me lembro de mais nada. Perdi os sentidos.

***

Alguns minutos depois, acordei procurando o padre. Ele já tinha ido embora. E minha mãe explicou que eu tinha chegado a um raro estado de iluminação, que só pessoas de muita fé alcançam.

Eu tinha tido a comoção sagrada que revela a verdadeira vocação para a pureza e para a santidade: aquilo tinha sido uma epifania.

Degustei a delicada palavra, abrindo bem a boca e estalando a língua: "E-PI-FA-NI-A"...

E foi assim que entendi que eu era uma santa e que padre Jonas era um anjo. O anjo da revelação da minha primeira epifania.

Pois, a partir dali eu teria muitas. Eu teria muitas.

pensamento de relance

Ana Peluso

Você podia estar aqui, de relance, me ajudando a revisar um texto e de repente sua perna encostar-se à minha ou sua mão no meu braço e seu polegar passear por algum tempo sobre a minha pele.

Eu podia olhar pra você — especialmente pra sua boca — como se fosse comum e você me beijar aproveitando a deixa.

O beijo podia ser exatamente uma delícia e podíamos esquecer do mundo por um instante e você desabotoar a minha blusa.

Mas você não está, nem de relance.

E tudo o que sobra é apenas a imagem já construída da sua partida após o último êxtase, os olhos sorrindo, como quem adora.

na hora marcada

sara fazib

Sexta, às seis horas, marcou. Ela nunca ousou tanto, estar com todas de uma só vez. Como reagirá diante delas? A pergunta lateja no seu corpo, enquanto se afasta de cabeça baixa. Desde que decidiu o encontro, o mundo se encheu de olhos que observam e cobram.

Você está diferente, distante. O tom dele, grave, a traz de volta ao quarto. Não é isso, só estou um pouco cansada. A frase se tinge de verde e ele recomeça. Minha linda, é? *Se me tirassem a máscara, os olhos, a pele, os cabelos, amariam o meu avesso?* Ai! A sugada forte arrebata os seus sentidos para os seios. Assim dói! diz levemente irritada. Mas logo atenua: seu guloso. Ele, dócil, alivia a pressão. Ela o vê tão entregue e se enternece. Devolve-se a ele, culpada. Antes de adormecer, ela nota que um botão lhe desponta entre as coxas. *Rosa?*

Logo hoje perco a hora! Dirige-se ao banheiro apressada. A ducha morna e o sabonete de ervas, pouco a pouco, acalmam-na. Ensaboa o pescoço, os ombros, os braços, as pernas. Os seios que ainda ardem. *Você tem uma bundinha deliciosa*, as palavras escorrem com a espuma. Sorri com a lembrança. A urgência a interrompe. Enxuga-se rapidamente e quando a toalha toca o sexo, espalha-se um perfume de magnólia. Perde-se no cheiro por um momento. *Faltam poucas horas*. Mas logo se veste apressada, evitando o espelho. *Não, não agora*.

No escritório, entre um compromisso e outro, ela e as suas meninas, ela e as suas mulheres. Toma uma foto e esquadrinha o seu rosto, por um pouco. Logo o olho desvia para a janela em busca de um ponto de fuga. Mas o horizonte concreto lhe encerra na perspectiva única. Sem possibilidade de escape. *Alea jacta est*. Inclina-se levemente na cadeira, a mão escorrega pelos seios, pela barriga e repousa sobre o sexo. *No furo, a abertura do yin*. Os passos do gerente a surpreendem. Rapidamente se recompõe e cruza as pernas, ocultando a custo a orquídea que desabrocha.

Cinco horas. Despeja os papéis na gaveta e sai esbaforida. A Marginal desmobiliza a pressa. No peito, os versos do poema disparam. *Nos vãos dos olhos / nas dobras do corpo / nas entrelinhas das mãos / que cavam disfarces / as múltiplas caras / faces que não se encaixam / quebra-cabeça / de cacos de espelho*. Ela olha o retrovisor e estremece.

Joga as chaves na mesa e caminha direto para o quarto. Pára diante do relógio. Há tempo ainda. Deita-se, cerra os olhos, tenta relaxar. Adormece. Um forte cheiro floral a desperta. Olha de imediato para a colônia sobre a cômoda, mas por fim se dá conta: seis horas. Levanta-se, aspira longamente e se despe com um cuidado exagerado — artifício tolo para retardar o inexorável. Nua, coloca-se na frente do espelho e aguarda. A penumbra ofega. *Quem sou eu?* — indaga.

Pousa a mão sobre os cabelos, os dedos se enroscam, afundam, ela se afaga. Toca a testa, a fronte, a face, o queixo. Delineia as sobrancelhas, pára um instante sobre os olhos. Desenha o nariz, contorna a boca carnuda que se entreabre. Provoca a língua, que suga, suga gulosa. Escorrega mansamente para o pescoço, para o colo e em concha massageia os seios com movimentos circulares. Bolina os bicos eriçados, *aperta, aperta que eu gosto*. Em seguida busca a cintura, a barriga. Acaricia. E a questão se instala no centro da carne. *Quem sou eu? Quem somos nós?* — arde. Muda, a outra lhe sorri com ironia. *Sim, eu sei a resposta*.

Suspira fundo, lentamente afasta as pernas e se abre jardim. Então, colhe e acolhe, uma a uma, todas as faces de si.

estelionato

Wael de Oliveira

Oferece
o que não tem:
sua liberdade,
meu bem.

3

Esse corpo moreno
cheiroso e gostoso que você tem
É um corpo delgado
da cor do pecado que faz tão bem

Bororó

lua nova

sara fazib

Será assim: no escuro e na rede.
Porque hoje estou de lua
e a maré está pra peixe.

febril

Ana Peluso

rasga minha blusa,
em mim se lambuza
nas tardes de abril

flash

sara fazib

meio-dia
avenida Paulista
vazia

passa a miniblusa
encobrindo
uma multidão de pecados

cabaré

Chico de Assis

Lusco-fusco de luzes
cintilantes da música
suave embalada
nas coxas encaixadas.

Itinerário errante
de seres que se acham
no limite
onde se perdem.

refeição rápida

Dora Castellar

*nós os poetas
somos famintos
e sós
por isso nos comemos
todos os dias.*
Ana Peluso

As coisas de verdade são assustadoras, prefiro magia pura, com gelo. A garganta fica anestesiada, o gelo arde nos lábios e imagino se você gostaria que eu tirasse os meus olhos dos seus e me debruçasse e você sentisse minha boca em seu sexo, assim, molhada e gelada de uísque. Sem palavras.

Estou aqui porque sim, porque espero ver seus olhos se incendiarem como os de um gato esperto, isso me dá um prazer fugidio, ser a sua presa e ver o seu bicho me comendo em pensamento, enquanto bebemos e conversamos, inteligentes. Na verdade eu gostaria mais de usar a minha língua apenas para sentir o gosto da sua pele, quando me desse vontade. Muda.

Ponho um disco para tocar, posso escolher entre Ravel, Wagner ou Bizet, mas também pode ser música de strip-tease, bem à toa, tanto faz. O que quero é dançar para você, porque bebi uísque e nunca dancei para você antes, só por isso, e a primeira vez é sempre a primeira e pode ser a única. Estamos aqui como nunca e como sempre, para alguma diversão esquecimento safadeza beijo carinho dança possibilidade tesão esperança passatempo, tantas são as palavras, e todas servem, eu sei por que, ou não sei. Elas me calam.

Enquanto você tira a minha blusa eu me lembro que chorei hoje, porque tropecei e caí no asfalto áspero e machuquei o joelho, veja, mas você agora não vê nada, você já mergulhou nos meus seios, seu desejo já criou corpo e mãos e boca, então fecho os olhos e o meu corpo já se entrega por mim, moldado à sua macheza. É o que me quero, sua boneca. Só.

Você me saboreia, me excita e eu gozo fácil assim, e muito, porque não gozaria? Então as cortinas deste seu apartamento me chamam a atenção, estão precisando ser lavadas, e de repente me sinto muito cansada e com pressa de ir embora, com a vaga sensação de que não posso ficar nem mais um minuto. Já não quero brincar de gato e rato, não quero mais o seu bicho nem a minha presa. Se eu ficasse mais um minuto você poderia enxergar o meu desespero em algum lugar, nos olhos, talvez, e eu acho que você não gostaria, e tudo estaria perdido, tudo, meu amor, porque eu estive aqui só para você gostar. Nada mais.

pôr-de-sóis

Ana Peluso

Pôr-de-sóis
debaixo dos lençóis
bemóis sustenidos
no desembaraço
lançam no espaço
gritos gemidos
por entre peles
e ouvidos
bocas línguas
e pelos
cantos todos de você
encontro sinais
frêmito de prazer.

iônica

Wael de Oliveira

Ouço tambores no céu:
parecem dançar a guerra.

Um longo tempo
— alguns dizem luto —
e meu corpo volta à carga,
elétrico, fosfórico, cúpido.

Meus fios do lençol tramam,
tremem alta voltagem.
Quero um corpo de homem
a me fazer fio terra.

Olho a janela noturna
e incandescente.

Não sei se tanto escândalo
tem o corpo da natureza
ou a natureza do meu corpo.

pardon!

sara fazib

Umas taças de Moët et Chandon
Pro inferno la politesse!
diz a boca lambuzada.

Entre os dedos da dama escorre
o sumo da manga espada.

4

> O amor é trilha
> de lençóis e culpa
> medo e maravilha
>
> *Tom Zé*

pra ver o mar

Albano Martins Ribeiro

Eu disse que acompanharia você nessa viagem pra ver o mar, disse que era isso que eu queria, mas você sabia que não era só isso, sabia que eu estava saindo deste nosso ermo pra acompanhar você nessa viagem só pra estar perto de você, e quem sabe até, em alguma hora da viagem, quando a conversa parasse um pouco e a gente não tivesse muito o que falar, eu pudesse pegar na sua mão e nós fôssemos assim enquanto o calor das mãos suadas nos permitisse ficar de mãos dadas, e isso pra mim já pagaria o esforço da viagem.

Mas não, nós saímos a pé em direção ao mar depois que você dedicou uma semana inteira da sua vida a tentar me convencer a acompanhá-la nessa bobagem, que eu só aceitei porque sou idiota, mas você fez isso parecer uma coisa agradável, falou das paisagens, falou das montanhas que teríamos que atravessar, falou do mar azul que estava atrás das montanhas e que nem eu nem você ainda tínhamos visto, e uma semana depois de resistir, vendo você me pedindo com esses seus olhinhos azuis arregalados e me falando de tão perto que até dava pra sentir esse cheiro que sai da sua boca que é tão bom que nem dá pra chamar de hálito, eu, mesmo achando que era idiotice, achei que valia a pena, só por ficar perto de você esses dias todos, e fiz o que era necessário pra sair de viagem.

Você passou uma semana inteira me convencendo a ir com você, me mostrando só metade do problema, contando as horas que a gente conseguiria andar por dia e quantas horas descansaria por noite, e eu ouvindo e pensando que ninguém consegue andar isso tudo por esse tempo todo, e já estava vendo a gente arrebentado de andar no fim do segundo dia, suado, rachado de sol e com os pés em sangue, mas não me importei com isso, pensei em você assim, sentada na beira da estrada, segurando os pés sangrando, suada e rachada, e mesmo assim você ainda era linda como sempre tinha sido.

E depois de muitos dias fazendo e refazendo contas sozinho deitado na minha cama, eu percebi que as contas davam uma semana só pra gente ir, faltava outro tanto pra gente voltar, e quando nesse mesmo dia eu falei com você sobre isso, depois que eu já tinha me acostumado ao absurdo de ficar uma semana fora de casa e longe do meu velho pai, você me disse que era claro que seria uma semana indo e outra voltando, e ainda perguntou, sorrindo e pondo as mãos na cintura — ai, como eu adoro quando você faz isso! — como é que podia ser só uma semana, se levava uma semana inteira só pra chegar no mar?

Tive que convencer meu velho pai de que só uma semana não faria diferença, e fiz isso entalado de vergonha porque sabia que estava mentindo, sabia que se tudo desse certo seriam duas as semanas fora, e sabia muito bem que uma semana de ausência minha faria muita diferença pra ele, que nem se mexe direito nem sozinho, mas menti pra ele igual você tinha mentido pra mim, dizendo que era só uma semana que eu gastaria na viagem, e meu pai fingiu que acreditou nessa conversa, ele é velho mas não é bobo, quem sabe ele mesmo já não tenha feito essa mesma viagem atrás de olhos azuis como os seus, o que eu sei é que minha mãe tinha olhos da cor da terra seca. Ele só me pediu que desse alerta à vizinha que, se o ouvisse gritar por ajuda, fosse em seu socorro, e isso me fez sentir meu coração uma uva passa, pequeno e amarrotado, e eu saí depressa de perto dele, como fosse lá fora procurar a tal vizinha, mas o que eu queria mesmo era sair de perto pra chorar sem que ele visse.

Saímos no dia seguinte, você não podia esperar mais, era tanta a vontade de ir ver o mar que qualquer minuto lhe parecia uma semana, e eu juntei uma coisa ou outra, uma garrafa com água, uns trapos e uns trocados que pude encontrar, era pouco meu dinheiro mas resisti a mexer no do meu pai, isso eu não fiz, posso ser mentiroso, mas ladrão nunca, e não lhe pedi o dinheiro porque sabia que ele me daria mesmo precisando muito dele, mesmo ele sabendo que era pra ser gasto numa viagem estúpida, e pouco depois, ainda escuro, eu já estava sentado na beira da fonte seca da praça, ainda sentindo o cheiro da testa do meu pai quando o beijei, e pensando que talvez fosse por causa daquela fonte estar seca que você quisesse tanto ver o mar.

Quando eu era menino, essa fonte jorrava dia e noite, nela eu vi água que me bastasse, tomei banho aqui quantas vezes quis, suado de correr atrás da bola ou de ter montado no cabo de vassoura, me empoeirava pela praça e depois caía dentro da água da fonte, abria os braços pra ser atingido pelo máximo de esguichos que conseguisse, e ia arrumando posição, de olhos fechados, deixando os esguichos entrarem por debaixo do meu calção me fazendo cócegas, e me fazendo sentir coisas boas que eu nunca mais senti, nunca mais na vida vi um esguicho depois que essa fonte secou.

Até os vinte anos eu vi água que me bastasse, mas você só nasceu no ano seguinte ao que a fonte foi secando, e já vão mais vinte desde que você nasceu, e nunca mais espirrou um pingo que fosse desta fonte excomungada, e acho que é só por isso que você quer tanto ver o mar, e eu pensava nisso tudo enquanto olhava pra rua de onde você ia surgir e lá pelas tantas você apareceu, essa cabeleira preta e crespa balançando, uma sacolinha de pano sujo na mão com quase nada dentro, vestido azul-claro, e de repente eu nunca tive pai, não era desta cidade, nunca tinha mergulhado nesta fonte seca, e só queria dar a mão pra você e sair em direção ao mar, nosso destino, nosso lugar pra viver, e você me perguntou com esse sorriso se eu achava que a cor do seu vestido combinava com o mar e eu disse qualquer coisa, mas achei que ele combinava mesmo era com seus olhos.

Você estava de pé na minha frente e eu estiquei o braço pedindo ajuda pra levantar da beira da fonte, eu não precisava de ajuda mas queria logo pegar na sua mão, se a viagem começasse assim começava bem, mas você virou de costas num pulo e saltitando saiu a caminho do mar, dez passos à minha frente, me deixando de braço esticado, feito o imbecil que eu sou mas não tinha certeza, comecei a ter certeza neste instante, e agarrei a minha sacola, enfiei meus pés pra dentro das sandálias que tinha meio que tirado pra descansar os pés antes de os cansar, e saí atrás de você, nem querendo alcançá-la logo só pra poder ficar olhando você de costas, saltitando e jogando a sacolinha pra cima, seu vestido curto subindo ainda mais em cada salto, e depois de apanhar a sacola que caía, ver você me olhar vez ou outra pelo meio desses cabelos pretos com cara de bicho que sorri, e eu atrás de você feito o idiota que sou mesmo.

Já faz dez dias e dez noites que pra mim os minutos se parecem com semanas, já faz dez dias que a gente anda sem parar e dez noites que a gente descansa na beira da estrada, já faz dez dias que eu cansei de tentar convencer você a pedir carona a um desses tantos caminhões que passam, que eu cansei de ouvir esses mesmos caminhões buzinando pras suas pernas sempre que passam, faz quase dez dias que sua boca arrebentou de sol, que seus pés sangram e que você continua bonita do mesmo jeito, por mim basta de querer ir ver o mar, basta desse silêncio, basta de acompanhar você calada, mais calada do que eu mesmo, basta de não ter pegado uma vez sequer em suas mãos, basta de ver você se sentar no chão pra descansar e, mal se senta, já apanha um bocado dessa terra seca e começa a deixá-la cair de uma mão pra outra, e de novo, e de novo, e de novo, como quem pensa em alguma coisa qualquer que não me diz porque eu não ia mesmo entender, por mim basta desse silêncio que me chama de idiota a cada instante.

Amanhã de manhã, quando acordarmos, eu vou dizer que quero voltar, que estou cheio disso, e se você pegar nessa terra e deixar cair de uma mão pra outra, de novo, e de novo, e de novo, eu me levanto e vou pro lado contrário de onde está o mar. Eu me levanto e volto pra casa, pra junto do meu velho pai. Mas não vou sem levar o que vim buscar. Eu mato você se for preciso e pego pra mim o que você tem no meio das pernas. Quero sentir de novo o chafariz da praça. E faço isso olhando firme e pela última vez nos seus olhos azuis, que são tudo o que eu sempre quis, são todo o mar que eu precisei por toda a minha vida desgraçada.

algo na paixão

Ana Peluso

algo na paixão assusta
mexe por baixo
perscruta
o baixo
o alto
o meio.

algo na paixão
alerta o
beta
o alpha
o quadro
de ordem no caos
da parede.

algo na paixão
manda um beijo
beijo
    beijo
        beijo...

algo na paixão
me mata
de medo.

sufoco

Wael de Oliveira

A carne engasga
e meu corpo sem ar
te ama,
te asma.

treze

sara fazib

lá vai
a moça e o gato preto

andar macio
cadenciado
pisando céus

quatro lumes verdes
anunciando
o encanto do mal

5

> Solidão é lava que cobre tudo
> Amargura em minha boca
> Sorri seus dentes de chumbo.
>
> *Paulinho da Viola*

i lha

Ana Peluso

fizeste de mim uma ilha
em teu egoísmo sereno,
quase despercebido.

não me visitas,
nem me cobres a tenda
que eu mesma construí,
e o vento da tua distância
destelha.

solitária,
em meio ao oceano
da vida,
observo apenas
a contingência
de escapar
de mim mesma
(ilha que sou).

antimuso do amor fatal

Ana Peluso

É um vai-e-vem da alma, em busca do encontro nem sempre vitorioso, mas fatal objeto volátil eternamente procurado.
Contempladores da obra de deus, que somos...

Antimuso, uso incerto de acerto, algum apego me apega a ti. Vejo-te tonto-virtual lamento-sedento de vida antiga. Vejo-me tesa de cansaço pela jornada em busca da essência, qualquer essência tua, qualquer pensar. Sinto-me nua em busca da alma tua e tenho apenas teu nu desapontar na porta do quarto e o sangue pulsa na aorta que de ferro não sou não feita.

É muito mel pro meu canto, "conto de encontros de eus febris": quando te vejo no horizonte, homem apenas. E no uso do teu corpo, perfeito desalinho, aborto meu olhar no teu maroto, meio cigano roto, meio acerto de contas, afinal é teu jeito de amar. E busco tua alma na chama errada, por certo, porque na calma de um olhar furtivo teu esquivo é descarado. E me ama pela tua morenice de pêlos, pelos quais minhas mãos passeiam por puro prazer de tocar tua superfície-limite imposto por ti.

E lambe-me o grelo quando quero teu verbo, tua reverência, um tanto de ardor. Me encanta ver-te infante, mas meus rompantes ultimamente têm me sacudido a alma e vôo rasante na busca de alguma poesia. Mas beijo-te a palma ainda se necessário for para ver-te senhor, ouvinte, falante. E que sejam freqüentes as aparições de Humphrey Bogart, em nossas cenas por ti incorporado; alguma elegância no trato, algum aroma no ar. Ainda não sabes o que é ser amado, ainda que amante dos bons saibas ser.

E teu olhar sempre me foge em montes de distração tua. Graças, vez em quando. Apenas me olhas e me molhas ainda assim. E fazes de mim algo flutuante em meio a alguma água que carregas. Sinto-te pulsante em meus lábios, sinto teu pulso em mim, mas não sinto algum pulsar de almas. Escuta com calma: nada se fala, tudo calado, tudo à meia-luz dos sentidos.

Canso-me em vão de chamar-te. Já te canto há tanto tempo e apenas me penetras os buracos da alma na dor, na contramão da vida – vai saber por qual razão? Em contrapartida, ofereces-me teu corpo, e nele bóio. É quando mais busco tua alma. Ela vai retornando aos poucos, mas opaca ainda é sua cor. Nenhum ardor. E sequer me canta, não me encanta, nem me seduz. Apenas me deixa mulher nua de companhia. Não sei como, mas aprendi a andar com minha superfície exposta de algum tempo pra cá, e sem saber também por que me contento com teu corpo, quando o que quero é tua alma. Deve ser minha forma pacata de ser.

É, deve ser.

Antimuso do prazer devias ser chicoteado pra ver se expulsas tua alma pra fora sem demora, que a hora já se faz adiantada e volto ainda hoje pra casa, recém-chegada, recém-parida, recém-nascida do espaço de onde te aguardo há tanto tempo.

As borboletas em teus olhos, um ramo de abrolhos; já os pressenti. Mas falta um bilhete escrito à mão, de qualquer jeito, lembranças apenas. Rascunho que seja. De gemer em poemas, olhando nos olhos, para eu saber de ti.

teu fígado numa bandeja

João Peçanha

Os bosques de contos de fadas imaginados na infância. As tardes modorrentas sem nada para fazer, a não ser o que se inventava na hora. Eu, mesmo sem saber o que ou como, me desfazendo de amores por Nina. Eu tiro o meu, você mostra a sua? Os monstros sob minha cama, intermitentes e notívagos, assomando entre meus lençóis e minhas primeiras poluções. As tempestades de vento e poeira que eram recorrentes naquela época e sempre antecediam uma explosão ao longe, que se supunha ser de um transformador estourando. Logo depois, a escuridão e a mãe buscando as velas na gaveta da cozinha. Os palhaços do circo que ameaçavam me levar embora com eles, caso eu não me comportasse ou não comesse tudo. O cheiro de fêmea que saía de Tereza, irmã mais velha do meu melhor amigo — Tereza que pintava as unhas e colocava um perfume que misturava antecipações de desejo com vulgaridade noturna à mostra para ser vendida, e só voltava para casa com o dia quase raiando. Minhas dúvidas e meus tremores, como se não, como se só, como se todo. Tremendo. Noites insones e inodoras que duravam séculos. Sonhos secos e estáticos, como fotografias, álbuns familiares amarelados cheirando a bosta de boi. A vitrola arranhando uma música romântica americana e o meu primeiro beijo. A boca de Nina e o som da vitrola de plástico vermelho. Seios pequenos encostando-se e roçando meu peito e minha vergonha: eu afastando o quadril para que Nina não percebesse o volume que insistia entre as minhas pernas. A bola fedida, cheia de bosta de gato, devolvida pela velha que os criava em trinta e sete. Joelhos ralados de tanto cair no campo de terra batida e os medos: a noite vinha e trazia-os consigo. Bruxas e sibilos. Assovios no escuro: namorados nos escombros da velha escola ou ratos rondando a casa?

Desperto e esfrego as mãos: assim, espalho o suor que poreja nelas e me torno menos vulnerável. A torneira da pia da cozinha: gotejo. Estou úmido, tenho medo de mofar por dentro. Arlete me diz que eu preciso consertar a goteira da pia e eu sempre adio isso. Mas, justiça seja feita, é de fato irritante. Muito mais irritante à noite, aliás, quando o mundo se cala e tudo ganha uma dimensão maior. Como as bruxas e as sombras, como a ameaça do monstro sob o estrado de minha cama de menino ou a antecipação da sensação das cobertas sendo puxadas por alguma alma penada, saída dos escombros da escola ou dos mortos no incêndio criminoso do circo.

O jornal de ontem jogado sobre o móvel da cozinha e a notícia de uma chacina de menores em plena praça pública, interrompida por uma tesoura na intenção de recortar outra reportagem, esta sobre um louco que mata mulheres. E eu esfuzio-me por dentro com orgulho e reconhecimento íntimo. Meu portfólio de realizações, meus recortes, ajuntados numa pasta cinza de papel cartão, eu sei, escondido no fundo falso do armário barato de aglomerado. A cizânia colecionada de algumas vidas. Meu pai viajava muito e dizia que a coragem é a maior das qualidades de um homem.

Os sonhos me assustavam no princípio.

Princípios: Nina estirada na cama e um abajur aceso, amarelando as linhas vincadas de sua virilha depilada e úmida. Meu suor porejando das mãos e de meu torso exausto. O mesmo suor na minha virilha e um rádio baixo tocando a mesma.

E de repente, eles voltavam. Os sonhos. Como uma ladainha dominical, recorrentes. Nina agora é Arlete e um fio de tintura de cabelo escorre de sua têmpora esquerda.

Depois de um tempo sonhando-os, não me amedrontavam mais. Eu passara a encará-los como predições, fatos a ocorrer. Você precisa realizá-los, uma voz dentro de minha cabeça me dizia, silenciosa e interminável como as noites. A vitrola de plástico vermelho vem à minha mente e eu percebo a respiração longa de Nina. Meu pênis. Os monstros agora não existem mais e nada mais ruge em minha cabeça. Os trinta e sete gatos da vizinha e o cheiro de bosta que chegava aos nossos narizes quando jogávamos bola no campo batido são vencidos pela voz melosa que sai do rádio de origem indistinta. A bola caía no quintal da vizinha e ela a esfregava na bosta dos gatos e a devolvia. Dava vontade de fazê-la lamber a bola. Quebrei de propósito muitos vidros da casa dos gatos. Só por vingança, com o cheiro de bosta de gato ainda voejando nas narinas e as plantas dos pés descascando de tanto correr no campinho de terra batida. Meu joelho ralado ardendo róseo e minha mãe me chamando para jantar, que o jornal já estava começando, onde já se viu ficar sem banho...

— Teve outro pesadelo? Deita no meu colo que passa.

Deito-me na coxa de Arlete, mas estou léguas distante dali. O circo. A sobrinha da vizinha foi ao Gran Circo Americano, mas salvou-se do incêndio, só ficou com os cabelos chamuscados. Terminou precisando cortar os cabelos longos e ficou muito tempo com corte de menino e fazendo terapia por ter perdido os pais e a irmã no mesmo incêndio.

Chupo a pele da coxa de Arlete com furor. Eu a machuco. Ela se incomoda e pede que eu não faça mais aquilo. Meus dentes fortes e perfurantes roçando na pele lisa. Fina. A vontade de cravar meus dentes na coxa de Arlete e ver o sangue brotando e vazando da comissura deles, tingindo meu queixo e transformando minha retina em tela de cinema, onde projeto filmes de vampiros famintos e impiedosos. A sensação morna e doce do sangue numa torrente jorrando em minha boca. Mas paro e me contenho. Estaco e apenas esfrego a ponta da língua na pele, sentindo um cheiro acre de sexo e urina. Arlete cochila. Posso sentir, posso escutar seu ressonar. Como Nina. Meu volume entre as pernas. O cheiro de Arlete me dá coceira no nariz. Esfrego-o contra a pele da coxa próxima e ela se incomoda com minha barba malfeita de três dias.

Aliso o joelho de Arlete e penso em Nina. Um abajur amarelo e sua luz, que diminui quando alguém liga o chuveiro no velho prédio de apartamentos. Os cabelos amarelos de tintura de Arlete sobre a parede meio roxa do motel vagabundo. O inverno está mais frio este ano e meu cobertor tem cheiro de esperma. Tempos difíceis.

Arlete me disse que eu precisava arrumar um emprego. Que ela não. Que mulher que tem emprego não pode. Homem que sustente a casa. Mulher ajuda. Que nem mercado nem conta de luz? Não pode, Camilo. Sempre foi assim. Não fui criada para. Fui para ter marido. Ser mulher.

Eu olho os pêlos pubianos de Arlete. Levanto-me, desligo o abajur e ligo a luz no centro do teto. Um delta emaranhado no quase escuro da lâmpada fraca que pende nua do teto cercado de sancas e pequenas aranhas comedoras de insetos. Deito-me e uma reentrância do colchão cansado machuca-me à altura do rim. Algo que me remete a amor acontece entre minhas pernas e sinto um pênis reto e mirando as aranhas do teto e ele é meu. O desejo, assim como o amor, é algo que à margem, que separado de mim. Mim como espectador de meus amores e desejos. Afeto. Colo. Arlete. Nina cavala sobre mim e mim se sente culpado, olhando Arlete, tão boa, unhas não pintadas, tão sem perguntas, tão sem desvios. E mim me vendo escondido e presente nas letras pequeninas, na capa do jornal, no esgar de medo da fotografia das moças que têm saído nas manchetes, portfólio, emolduradas por poças escuras de sangue, saído das entrepernas. Deitado, imagino um fígado sendo arrancado de alguém. Que sensação deve ser? Não sou carniceiro. Sou só um curioso. Quero saber como é por dentro. Por isso, as manchetes, coleção. Como se descobrindo a mim mesmo. Como se, com elas, comigo mesmo. Perscrutando infernos. O ser humano é mesmo algo a ser descoberto, sussurro para o joelho redondo de Arlete.

Um celular toca e vem do corredor. Imagino que seja do namorado motoqueiro da gostosinha de dezenove anos do 201 e me imagino montando nela. Aliso minha virilha e aspiro forte o cheiro de Arlete. Nina aparece projetada no teto do quarto, ao som da melodia que sai do rádio da vizinha. Lembro-me que, pela manhã, a do 201 passou na rua e, Nina, esperei ela me dar as costas sacolejante na calçada para olhar sua bunda. Arlete se mexe, movendo o joelho esquerdo mais para o lado, esgarça o lençol na diagonal e eu me sinto culpado por: a do 201 não é Arlete. Lembro-me de Tereza, a de unhas vermelhas e boca pintada. Repito para fixar bem: Arlete não é Nina, mas as manchetes com as fotografias delas todas me confundem e eu termino por duvidar de onde esteja a verdade. O namorado da do 201 esmurra a porta e a vizinha de cima abre a sua com estardalhaço e grita vou chamar a polícia, pára com essa pouca-vergonha, porque o namorado fica berrando que a gostosinha é piranha, piranha. Minhas madrugadas insones e o clac-clac do salto alto de Tereza batucando irregular e trôpego nos paralelepípedos da rua estreita, me avisando que o dia iria raiar logo. Meu pênis murcha e o rádio com a música romântica é desligado. Barulho de porta sendo aberta. Duas vozes discutindo no 201. Fico imaginando as coxas da do 201 roçando uma na outra, enquanto ela anda resoluta de um lado a outro do quarto, carinha zangada, braços cruzados espremendo os seios pequenos, gritando safado, safado, não me faça mais isso. Nina me invade a boca com a língua líquida e sinto uma vontade enorme de chupar os dedos dos pés de Arlete. Cheiros.

De repente, do 201 vem o som de um tiro e uma voz masculina merda, merda, o que foi que eu fiz? A porta se abre e, em seguida, bate com toda a força. Sinto um desejo enorme de saber como é a do 201 por dentro e invejo o motoqueiro, mas não: a curiosidade sempre matou o gato. Passos no corredor e som de celular tocando, entremeado com botas pesadas martelando os degraus da escada ancestral que dá para o térreo. Coitada, pensei, e lembrei-me de Nina.

Amanhã, a do 201 estará nas manchetes. Não gosto disso: estou ficando velho — e sempre há alguém para tomar o lugar da gente.

tête-à-tête

sara fazib

colóquio profundo
meu desinteresse
e tua falta de assunto

tese

Wael de Oliveira

Difícil formação.
No maior amor,
doutorado em solidão.

6

Amor é o que acontece entre duas
pessoas que não se conhecem muito bem.

Somerset Maugham

o peido

João Peçanha

Deitada na cama e pastosamente sonolenta, ela pode ver a silhueta de Carlos encostada no portal, permeada pelo tênue da incandescente pendurada no corredor apertado e coberto por gravuras de paisagens de gosto duvidoso.

— Vem deitar comigo.
— Estou sem sono. Queria só ficar te olhando.
— Me ver dormindo?
— É. Você parece uma anja, dormindo, sabia? — Ela sorri agradecida e cansada. Ele sorri, fecha a mão sobre a boca silenciando o arroto, resultado da lata de cerveja de todas as noites depois do jantar, e vira-se, voltando para a sala.

Ela percebe que o tapete do corredor já deu o que tinha que dar: das bordas sobram fiapos, restos do descascar dos dias e dos sapatos arrastados. Afasta a coxa direita para o lado e observa um pernilongo que foge, assustado pelo movimento. Da tevê ligada na sala, ela escuta o locutor de nariz adunco e mecha branca no topete noticiando um ataque aos palestinos, em represália ao carro-bomba que explodira três dias atrás, num restaurante popular. Onde anda meu Carlos? Esse homem que ainda caminha pelo corredor estreito e mal iluminado, quase dobrando à direita e sentando-se no sofá gasto, não lhe desperta mais o arrepio lépido na pele das costas, que sempre acontecia quando ouvia sua voz grave e silente ou sentia seus dedos, suas mãos e língua ou algo quente que insistia em explorá-la por dentro: tácita capitulação. Nenhuma trégua atingia o que a deles conseguia: dormência de tudo, entrega absoluta, deixar-se apenas estar ali e negar a existência de tudo o que não fosse aquelas mãos, aquele homem sobre seu corpo, sua respiração, o arranhar da barba no pescoço e na base dos seios, virilha e coxas. Gostou de saber, comovida, que ele a observava enquanto dormia. Esse tipo de atenção não era percebido por ela há muito. Apesar de. Além de. Sobretudo. A vida. Sempre complicada. Sempre permeada por dívidas que se amontoavam no porta-guardanapos que jazia no canto da mesa da cozinha, local estipulado pelos dois para que fosse o receptáculo dos haveres financeiros da casa.

Ele caminha pelo corredor arrastando a sola dos pés no tapete puído e lembra-se de que sempre gostou da sensação de roçar os pés em tapetes, como uma automassagem *fast-food*. Chega na sala, joga-se no sofá, pernas abertas, e aconchega a mão esquerda em concha sobre o saco. Mexendo os dedos devagar, testa se naquela parte do corpo ainda há vida, mesmo depois de treze anos com a mesma mulher; mesmo depois de tudo, das Jaquelines e Cristinas que apareceram pelo caminho, depois dos anos que retiraram do desejo o que o torna desejo, transformando-o em algo que mais se parece com formulários a preencher ou almoços de domingo com o sogro que tem incontinência urinária e que, mesmo frente à recomendação do doutor, pede que lhe passe secretamente, sob a colcha de chenile que lhe cobre as pernas, um cigarro e uma caixa de fósforos, para que mais tarde, longe de todos, tivesse novamente a sensação de fazer o que bem entendesse. A sensação é boa e Carlos fecha os olhos, permitindo que apenas o som da voz do locutor seja uma referência do mundo real. Pois ali, sob as pálpebras fechadas do homenzarrão sentado no sofá velho, um mundo irreal, mas melhor, ainda persistia: colorido, cheio de desejo e cheiros, onde um Carlos de vinte anos transitava, cheio de tudo o que o Carlos do lado de fora das pálpebras não tem mais, perdeu, deixou escapar, seja na anestesia diária dos sentimentos, seja no deixar para depois conversas e definições que contrariariam tudo o que os outros haviam imaginado para a vida do casal recém...

Gases. Ela sabia que tinha esse problema há muito tempo, mas nunca tivera coragem de contar a Carlos. Por vergonha, certamente. E agora alivia-se, aproveitando que o homem que acaba de se sentar no sofá da sala — e disso ela tem todas as certezas por causa do ruído puuuf que ouviu há pouco, denunciando um corpo pesado derreando-se sobre a napa furada do sofá na sala — tão cedo não voltaria, tão entretido estaria com atentados, prisões, pronunciamentos e latas de cerveja. Tem vergonha de si mesma e de seu corpo treze anos mais cansado, bem como do peido que não conseguiu conter e do odor com que já se acostumara, sabendo-o no entanto incômodo a Carlos ou qualquer outra pessoa que estivesse no aposento com ela. Olha para a janela e desespera-se: ela estava fechada, o que impede que o cheiro nefasto deixe o quarto miúdo. Tenta mover as pernas e se levantar mas não consegue: está imobilizada. Tenta gritar por Carlos, mas sua boca não se move, como que anestesiada, como que impedida, como que mal acostumada a mover-se por si mesma.

    A moça oriental do escritório chama-se Regininha, tem ancas largas e firmes e habita agora o mundo do lado de dentro das pálpebras de Carlos, corpanzil esparramado no sofá de napa que faz puuuf quando se senta nele, pênis de existência bissexta forçando passagem por dentro do moletom rajado de cinza. Os olhos apertados dela alteam o esgar de prazer da boca bem desenhada, mais abaixo, que pronuncia palavras que ele não entende mas pode supor seu significado. As mechas lisas do cabelo da moça reviluteam-se, sugerindo o ritmo frenético que estaria sendo forjado três ou quatro palmos abaixo e, pálpebras se apertando, Carlos se mescla naquela imagem, colocando-se sob aquela mulher, corpanzil suado e, puuuf, esvaziando-se dentro dela.

    Muitas vezes, a ânsia de fazer algo nos impede que o façamos e é isso que agora acontece com Lígia, ali perdida e inerte sobre a cama do casal, apenas a luz do abajur sugerindo sombras, o odor ruim cativo naquele quarto, o desespero de não se mover. Tenta se concentrar e movimentar apenas o polegar da mão direita. Olha-o firmemente, concentrando-se, como se com isso pudesse mudar algo, mas o desejo não se traduz em movimento e ela é só isso: um corpo inerte numa cama vazia num quarto vazio, mal iluminado e sem ventilação. Fecha os olhos e se imagina movendo-se, mas logo depois não está mais naquele quarto, mas na ante-sala do dentista, sendo devorada pelos olhos negros de um homem de cavanhaque que, como ela, aguarda sua vez. Ela estica-se para pegar uma revista qualquer de frivolidades na mesinha à esquerda e, na volta, antes de se reacomodar na cadeira de forro lilás, descruza as pernas e as deixa assim entreabertas, percebendo nova investida do olhar do homem de cavanhaque bem aparado e olhos noturnos. Ela gosta disso, sentindo-se desejada, mais inteira e cheia. Na verdade, quase arrebentando-se por dentro por sentir-se gostosa, arrebentando-se por dentro pois de dentro de si mesma cresce algo quente, vil, oleoso. Abre os olhos. Percebe que não conseguiu conter novo alívio dos gases e que, pesadelo recursivo, não move um músculo sequer. Pela hora, o telejornal está para terminar e, por isso, em pouco tempo Carlos se levantará do sofá e virá se deitar, passando antes na cozinha para jogar no lixo as latas de cerveja vazias, e perceberá o cheiro, gato com rabo de fora, e o pouco ou nada de segredo e mistério que ainda persiste entre aqueles dois se desfará no ar e a vergonha, e a vergonha, e a vergonha, e a vergonha...

A moça oriental chamada Regininha trota sobre Carlos no lado de dentro de suas pálpebras, desconhecendo o mundo da sala e do sofá que faz puuuf, e ele puxa seus cabelos, passa as mãos nas coxas brancas dela e sente flores saírem de sua boca, inundando o quarto. Como um vulto saído das sombras de um filme de suspense, ele vê por trás de Regininha, silenciosa e atordoada, Lígia: "Por que não comigo?", murmura chorosa. Regininha pula assustada de cima dele e puxa o lençol para si, deixando entrevisto o seio esquerdo. Baixa os olhos para o carpete do motel, não consegue olhar para nenhum dos dois, recua e encontra uma cadeira. Senta-se nela e recompõe o lençol sobre o corpo, certificando-se de que nada ficou à vista. "Por que não comigo?", Lígia repete, desta vez quase gritando. "Você não entendeu nada, amor". Lígia contém a respiração, une o polegar e o indicador entre as sobrancelhas, ajeita a bolsa nos ombros e vira-se para a porta, saindo: "Boa noite, Carlos". Ele abre os olhos e o locutor narigudo despede-se com um boa noite, os créditos subindo pela tela, e a voz de outro locutor anuncia em *off* que a próxima atração será um filme de ação de péssima qualidade que Carlos já havia visto duas vezes. Ele procura pelo controle remoto, não sem antes perceber entre as pernas uma mancha úmida e escurecida no cinza do moletom e agendar mentalmente que, depois de jogar as latas de cerveja no lixo, precisava passar no banheiro, jogar a calça de moletom no cesto de roupa suja e vestir o roupão.

... e a vergonha. Ela escuta o clique da tevê sendo desligada e o marido se movendo no sofá. Olha para a fotografia do avô na penteadeira de pés de palito e roga a todos os anjos, santos e espíritos indizíveis que a pudessem escutar para que conseguisse levantar e caminhar até a janela, abri-la acintosamente e expulsar o cheiro como se faz com mariposas e cigarras invasoras. Mas não. Nada. Tudo o que consegue é aguçar os sentidos e escutar Carlos na cozinha, o barulho da alavanca metálica da lata de lixo sendo pisada, o barulho de latas despencando no macio do saco do supermercado que serve de forro, a tampa caindo com um estampido seco, passos, Carlos no banheiro, vergonha meu Deus, tomara que escove os dentes, faça a barba, tome um banho, passe fio dental, faça cocô, leia o jornal inteiro, mas por favor não saia desse banheiro tão cedo, mas o som seguinte é de passos no corredor e um último arroto disfarçado por um bocejo exageradamente sonoro. Os passos

cessam e ela escuta a voz grave:
— Cheiro esquisito aqui.
— Você jogou o lixo fora?
— Esqueci.
— Deve ser isso.

Ele senta-se na cama, não sem antes abrir uma fresta da janela, joga o roupão sobre o criado-mudo e deita-se ao lado dela. Ela vira-se para o lado oposto e murmura:
— Vê se amanhã cedo não esquece.
— Do quê?
— Do lixo, Carlos...

do quarto ao banheiro

Chico de Assis

> *Não vou falar aqui de exagerada auto-estima, mas desse amor tão popular que, como a caridade, começa em casa, na casa do próprio corpo — esse campo de batalha sexual onde tive minhas primeiras vitórias e nem uma só derrota...*
>
> Cabrera Infante

Conhecia indiscutivelmente os sinais. Uma leve pontada na boca do estômago, uma sensação de náusea, vazio, impaciência contida na língua lambendo toda a extensão do braço. Suavemente no início. Com sofreguidão depois, à proporção em que as imagens, inicialmente fantasiosas, iam ganhando nitidez e realidade em sua mente.

Heloísa não gostava daquele jeito. Ela pedia que a deixasse inverter os papéis, assumir o que para ela era o melhor, porque a parte que tradicionalmente cabe ao homem, a iniciativa. E assim se empinava imponente sobre seu sexo, prendendo-o pelos braços, quieto, bem quietinho, se não apanha. Havia um prazer mais intenso nessa troca, como se a perda momentânea de identidade atingisse as entranhas e produzisse um gozo que se propagava pelos poros e arrepiava todos os pêlos, deixa, minha vida, deixa pintar tua boca.

Já com Raquel era completamente diferente. Ela adorava ser dominada, da cabeça aos pés. No auge da excitação saltava-lhe sobre o colo, oferecendo-lhe as nádegas e apanhando a chinela embaixo da cama, bate, meu amor, bate na sua menininha. Ele exercia com prazer cada vez maior o papel de algoz, deixando-se fascinar pelo infinito poder que pressentia nas respostas paulatinas que ela lhe dava, até se deixar prostrar e se dobrar em prantos, me fode, me fode, como massa disforme, me esculhamba, sem vontade, me chama de galinha.

(Fora com Raquel que comprovara a polêmica afirmação de Nelson Rodrigues, toda mulher gosta de apanhar, no fundo, no fundo. Raquel gostava literalmente. Talvez porque revivesse alguma experiência infantil, palmadas no bumbum, o pai, adorava o pai. Embora houvesse passado metade de sua vida pensando que ele a odiasse, pensava que eu não era dele; mãinha, sim, que o fez pensar isso, por vingança. O certo é que gostava. Mal começavam os jogos, ela pedia que ele sentasse na ponta da cama, debruçava o ventre sobre suas coxas, apanhava o chinelo no chão e bate, meu coronel, bate. Muitas vezes gozava, sem nenhum outro estímulo).

O termo médio era vivido com Jaqueline, que aqui aparece por último, mas era sempre quem iniciava a cerimônia, por não apresentar maiores excentricidades, senão a de aparecer sempre de longo de seda preta, com seus anéis, colares e perfumes que ia espalhando no percurso da sala ao quarto. Preferia fazer tudo em silêncio, falando às vezes com os olhos, que pareciam súplices, ou com as mãos em concha, oferecendo os peitos enormes e obrigando-o, ele sim, a instigá-la, fala, amor, diz alguma coisa, enquanto ela se recusava de olhos fechados, como se precisasse de concentração absoluta para percorrer o sinuoso caminho do gozo, que vinha num gemido longo, surdo, gutural.

(Na verdade, havia em Jaqueline dois outros fatores de atração. Era rica, muito rica, e ele, cara politicamente correto, experimentava cada encontro com ela como se fosse a classe operária fodendo a burguesia. O segundo fator era a idade. Cerca de dez anos mais velha, Jaqueline lhe permitia a impressão de que solucionava todos os seus enigmas edipianos, embora o aborrecesse muito a sensação próxima do asco ou o sentimento próximo da culpa que o acometia, cada vez que acabava de transar com ela).

Ele costumava usufruir lentamente do prazer que cada uma lhe proporcionava, deixando-as expandir, uma de cada vez, todo o potencial de loucura e sensualidade que indiscutivelmente portavam. Raramente juntava as três, tanto para evitar possíveis cenas histéricas, quanto por considerar que isso o desconcentrava. Somente uma vez, quando já iniciava o ritual e Jaqueline o recebia mais uma vez exuberantemente vestida, sentiu o corpo ofegante de Heloísa agarrando-o por trás, ouvindo sua voz segura, você é meu, não se atreva, e percebeu o desconcerto assustado de Raquel, encolhida num canto. Inicialmente tímidas, elas se entreolhavam, se estudavam, se perguntavam por que haviam aceito o convite que ele insistentemente sugeria, até que Heloísa, teria mesmo que ser ela, roubou com um beijo o riso tímido e nervoso de Raquel, passando a exercer imediato e despótico poder, que se esvaía em carícias e apertos e beijos, o beijo da mulher é melhor, mais suave. Daí em diante, não houve mais controle sobre a ação dos participantes, deixando-se tudo sob o comando exclusivo do instinto, que ordenava a volta aos estímulos primários, ora os colocando numa pausa de perplexidade, mais realçada no rosto de Raquel, que tesão, meu Deus, que loucura estamos fazendo, ora os engalfinhando como bichos muma seqüência meteórica de posições, não sendo surpreendente assim vê-lo de quatro, com Heloísa altaneira em pé a sua frente, inebriando-o com o cheiro ativo de boceta que apenas insinuava esfregar-lhe na boca, preferindo em troca untar-lhe as faces afogueadas do colostro que extraía da massagem com as mãos, cheira, vagabundo, sente o cheiro da tua rainha, enquanto Raquel cavalgava-lhe as costas, experimentando pela primeira vez o prazer de comandar e se ver obedecida, anda cavalinho, lambe, beija, restando Jaqueline, meio ressentida por haver ficado até então um pouco de lado, estalando um chicote que combinava bem com a elegância do seu corpo e de suas vestes, vocês vão ver agora com quem estão lidando, para finalizar o cenário que iria ser palco da promiscuidade de beijos e pernas e bocas que se abriam e fechavam, conforme fosse a sofreguidão desesperada de Paulinho que, no furor dos seus quinze anos e com a mão freneticamente agarrada ao sexo, esvaia-se no frenesi final do gozo e voltava à cama vazia, mal disfarçando uma ponta de frustração com o riso debochado que o levantou para o banho purificador do esperma, do suor e da solidão descomunal que por momentos julgou experimentar, no trajeto do quarto ao banheiro.

dedos

Albano Martins Ribeiro

Estavam as quatro sentadas em casa, chegadas uma de cada vez da rua, dos afazeres, das vidas exteriores: mãe e três filhas. Pai não há, está no lugar dele, longe, onde estiver, de onde nunca deveria ter saído. No entanto, se não o tivesse feito, não teria nos dado estas mulheres.

Afazeres importantes trouxeram para casa, e cá estão elas a cumpri-los, cada uma em seu silêncio, sentadas a escrever a ler a estudar, quietas como se bordassem, mãos no trabalho, pensamentos em pessoas lugares coisas distantes, bem lá fora e longe do que chamam casa.

Oito olhos baixos se levantam quando entra carta por debaixo da porta da sala ao lado. Não se viu entrar, mas ruído de carta por debaixo de porta não se confunde, chega-se a saber o tamanho do envelope pelo som que produz ao passar pela fresta. Por pouco não se percebe a cor, e mais ainda quando temos quatro tão atentas e sensíveis pessoas no ambiente ao lado.

Mãe autoridade e servil, porque seria diferente de todas as mães?, levanta-se e vai à porta, melhor dizendo, à presença do já sabido pequeno envelope. Apanha-o e volta ao seu lugar, olhar quieto surpreso, um meio sorriso sobre o remetente. Maior surpresa havia sido receber carta em tão adiantada hora da noite.

Senta-se à poltrona e abre a orelha não colada do envelope com o algum cuidado que o envelope merece, tira-lhe um pequeno papel e lhe passa os olhos. Faz como sempre faz: uma rápida busca a palavras que quer ver, pula saborosas frases antevistas como quem empurra paio para o lado a comê-lo logo mais com a gota de pimenta especialmente dedicada a ele, belisca uma ou outra palavra que tenha passado desapercebida na primeira leitura e repega a empreitada do começo, a ler as letras como se lêem cartas. E começa a gemer.

E se ouve, grave e baixo, o que bem poderia ser o miado de um dos quatro estômagos repletos do quente jantar de ainda agora. O segundo som é gemido alto e claro. Conclui a primeira leitura do bilhete, mal lhe podemos chamar carta, tamanha magreza de palavras, e reinicia a tarefa gemendo antes de reler, mas agora mais alto, agora ouve-se nitidamente uma vogal estranha, uma letra que não é um a nem um o, e ao meio da releitura um deus é invocado e lhe vai uma mão ao meio das pernas, não do deus, claro, e sim das dela, das suas pernas já prudentemente abertas na primeira leitura.

Agora que segura o bilhete, chamemo-lo de bilhete portanto, agora que o segura com a mão esquerda, tem a direita livre para subir a saia preta e enfiar dedos quantos tivesse por debaixo do que trás por debaixo da saia, e esses dedos encontram carne molhada, carne que pulsa em choque, mas as mãos vão em segurança, o choque não as repele e os dedos se entram pelas fatias de carne molhada e buscam o ponto por onde toda a eletricidade é descarregada e o encontram.

E agora uma só mão é pouco, descansa o papel sobre a barriga, basta-lhe a fresca lembrança do que acabou de ler, e traz os pés para cima do assento da poltrona, abrindo-se ainda mais, e enfia dedos por onde pode, por onde nunca tinham andado, por onde antes só tinha ido a língua que lhe escrevera o bilhete, e ela ao se lembrar da língua umedece ainda mais os já molhados dedos e os faz moles e delicados como a língua a lhe passear pelas fatias todas e enfia o maior desses dedos por trás até que acabe todo e inteiro enquanto quatro dos da outra mão lhe entram pela frente, é gente esfomeada a tentar passar toda ao mesmo tempo pela estreita porta do refeitório, e vai sentindo a onda que lhe chega pelo fundo, por baixo, por trás, nunca sabe de onde vem, de qual parte aquilo brota, e a onda passa por ela inteira como um êmbolo até lhe chegar à garganta, de onde começa como a continuação do leve gemido de ainda agora e termina num grito imenso, grave, e se retesa estica arqueia a oferecer a carne como se ele próprio, a língua, estivesse ali em pé à sua frente. Passada a onda, desmonta-se de uma vez sobre a poltrona num estrondo. O bilhete cai ao chão, inútil por ora.

As filhas largam suas leituras e escritas. Levantam-se e vão à cozinha, em silêncio, em busca de uma coisa, talvez um doce, um gole d'água. Na cozinha, uma em frente à geladeira aberta, outra na mesa a mexer nas sobras do jantar, outra a lavar um copo. Vem desta da pia o comentário:

— Mamãe anda impossível, não?

A que está na geladeira faz um a-hã, a outra nem isso, apenas concorda com a cabeça. Mulheres.

um dia depois do outro

Dora Castellar

Acordou teso, com a bunda de Simone bem encaixada no seu corpo. Sentiu um tanto de preguiça, mas a sua mão direita se mexeu por si mesma, como se soubesse que há uma semana ele não fazia sexo e, como uma fiel serviçal, pousou sobre o quadril quente, que se colou ainda mais e se mexeu com claras intenções. Depois foi o de sempre, com uma pequena variação: fez questão de tirar a camisola dela, em vez de apenas suspender até acima dos seios.

— Me dá a camisola, Beto, onde você jogou?

Não respondeu, imerso na preguiça paralítica de um pensamento esburacado e delicioso, desses que ficam pairando na cabeça sem segurar idéia nenhuma. Terça-feira, terça-feira... Não conseguia imaginar uma seqüência lógica para a terça-feira.

Simone levantou da cama procurando a camisola, apressada, e pela luz da rua que entrava pela janela viu vagamente o corpo dela. Ainda era bonita, mesmo os seios ainda eram bonitos.

— Que droga, Beto, essa sua mania de sumir com a porcaria da camisola!

Continuou mudo, mas um pensamento rápido e crítico substituiu o caldo morno em que estava começando a mergulhar: um, crianças precisavam entrar no quarto a qualquer hora do dia ou da noite, em caso de sonho ruim, dor de barriga, insônia (criança agora tinha insônia), etc.; dois, a porta do quarto tinha que ficar sempre aberta, por causa disso; três, flagrante com nudez (de Simone) era mais complicado; quatro, a conclusão: trepava-se com camisola e rapidamente a maioria das vezes. Essa maneira de educar crianças era normalíssima e quaisquer reclamações ou sugestões que pensasse em fazer seriam consideradas sinais evidentes do seu (dele) egoísmo incurável. Ainda conseguiu pensar que Simone com certeza estava calculando quanto tempo ainda podia dormir, depois da trepada rápida, mas satisfatória (para ela). O espírito prático de Simone era notável. Poderia continuar argumentando em solitário silêncio durante anos-luz, mas um sono leve, com sonhos esgarçados e sem sentido, mas agradáveis, dissolveu tudo.

A terça-feira começou atrasada, mas mesmo assim tomou café com as crianças e ficou sabendo que o time do Zé Luís tinha ganho o campeonato, por isso ele não ia mais tirar aquele boné amarelo da cabeça. Isso era inadmissível para Simone, claro, de modo que Zé Luís ganharia apenas o campeonato, o direito de usar o boné que quisesse ainda ia demorar um bocado, o que ficou decidido em apenas dois minutos. Sentiu-se um tanto culpado por isso, mas de que adiantaria tomar partido e discutir a favor do uso de um simples boné amarelo, ó cansados e gastos deuses do lar?

Foi para o hospital e fez duas cirurgias complicadas, usando os novos equipamentos computadorizados a *laser*, de última geração. Quanto mais difíceis e exigentes as cirurgias, mais gostava. Levou exatas cinco horas absorto até terminar tudo, meticuloso e perfeccionista, e então metade da tarde se estendeu à sua frente, disponível e tentadora. Só tinha pacientes depois das quatro.

Chegou apressado ao consultório, tomou meio litro de leite gelado e, sem perder um minuto, abriu o *laptop*, excitado, sentindo que a história que o rondava há dias estava madura para ser contada. Acreditava firmemente que os contos e poemas que escrevia nas horas vagas, desde a adolescência, brotavam e amadureciam numa estufa em algum lugar da sua cabeça, enquanto se concentrava estudando ou operando.

Olhou apaixonadamente para a tela branca do computador e começou a escrever, aos borbotões, a história misteriosa de uma moça pálida e bela, que vivia num casarão deteriorado pelo tempo, numa cidadezinha perdida nos confins do Brasil...

O telefone celular tocou. Era Maíra, soube ao primeiro alô.

— Alô!... Alô! Beto?

— Alô! O quê? Quem? Não estou entendendo!... Quem fala?... Alô...

Desligou de repente, com uma pancada seca, que desse a impressão de defeito na linha. O fato de ser interurbano ajudava. Maíra tentou mais duas vezes, depois desistiu.

Não lhe ocorria nada para dizer que fosse melhor que o silêncio. Como explicar a Maíra que só ficara louco pelo seu andar lento, pelo seu jeito de mastigar chiclete feito uma menina, pela voz frágil e pelo olhar meio inocente, meio safado, porque tinha farejado que ela queria sexo, do contrário nem repararia em nada? Que construir a possibilidade de comer uma mulher era o que o deixava alucinado, que tinha sido urgente e muito importante trepar com ela, mas agora já não estava mais alucinado, já tinham trepado meia dúzia de vezes, já tinha ouvido o que ela queria dizer depois do sexo (ela ficava tão bonita depois de gozar...), que já tinha gasto, enfim, todo o carinho que podia ter por ela? Que poderia trepar com ela e se acomodar na bucetinha dela e beijar a boca triste dela para o resto da vida ou nunca mais, tanto fazia?

Maíra ia ligar mais algumas vezes, em vão, durante algum tempo. Sentiria primeiro raiva, depois dor, depois raiva, depois dor. Depois nada. Voltaria a ser a mesma Maíra de antes, com uma pequena cicatriz. Mínima, ele desejava que fosse uma cicatriz mínima.

Tentou voltar ao conto da moça solitária, mas ele tinha sumido. No seu lugar, estava o "tanto fazia" se impondo de novo e sempre, esporeando seu lugar sensível, doendo, vazando, ardendo e depois deixando a mesma velha ferida seca. "Tanto fazia" secava tudo: a medicina, as paixões, as trepadas, o casamento, a educação dos filhos, o desejo de escrever. Apontava um dedo infame de vergonha e culpa para Beto, o que não sabia amar decentemente nada nem ninguém. E os filhos? Os filhos, sim, amava tanto os filhos, mas também nisso era tão inconstante e desleixado...

Em vez do conto de mistérios, belas solitárias e casarões, escreveu um poema urgente, desesperado, labiríntico, o poema de seu ser para sempre perdido. Ou morto, quem sabe sua alma tivesse morrido antes dele. Quando o telefone tocou, ele estava chorando.

Era Simone, com voz doce:

— Beto, dá pra você pegar as crianças no clube, depois do consultório?
— Não.
— Só hoje, Beto...
— Não.
— Por que não?
— Porque não.
— Não precisa ser cavalo.
— Ok.

Desligou. Releu o poema. Ligou de volta:

— Não vou dormir em casa. Vou pra São José. Tenho cirurgia bem cedo, prefiro dormir lá.

Silêncio.

— A porta da cozinha não está fechando direito, passa o trinco.

Simone desligou sem responder, mas tinha ouvido, e bastava. Simone era objetiva, Simone agüentava qualquer tranco, Simone não descobria suas traições porque não queria, Simone decidira ficar casada e pronto, e ele sequer entendia as razões dela, muito menos as suas próprias, para casamento algum, e falar em amor nessa altura seria no mínimo idiota. Foda-se o casamento. Sempre se pode dizer "foda-se", respirar fundo e continuar em frente. Aleluia.

Atendeu os pacientes com uma leve irritação, saiu depressa do consultório, sacou algum dinheiro, abasteceu o carro, pegou a estrada para São José. No trevo, porém, mudou de rumo. Foi para a praia.

Gostava de entrar na casa de veraneio fora de temporada e sentir o mesmo cheiro espesso e mofado que sentia quando chegava para passar as férias, ainda menino. Cheiro de vida invisível, proibida, fungos e larvas, entidades das sombras. Largou a bolsa com o *laptop* no sofá coberto por um lençol, tirou os sapatos, atravessou o jardim pela grama e pisou na areia. Estava escurecendo. Ficou parado olhando o mar bravo e cinzento, os pés sentindo o frio úmido, durante um tempo que lhe esvaziou a cabeça, purgou o peito e lhe devolveu a fome de um dia inteiro só com o pãozinho do café da manhã e o leite do almoço.

A fome e as ruas o levaram para a vila de casinhas construídas na areia e que pareciam prestes a se desmantelar, mas que estavam ali desde que ele era um moleque. O prolongamento da vila era a "zona de meretrício" da cidade praiana, apenas uma rua de casas ainda mais desmanteladas, mas as mesmas de sempre, e foi lá que ele parou o carro debaixo de uma placa que também era a mesma, eternamente balançando ao vento: Restaurante Elite — refeição a *lacarte*.

Afastou a cortina de tiras de plástico, aspirou o cheiro que vinha da cozinha, bateu com o nó dos dedos na parede de tábuas alisadas pelo tempo.

— Ó de casa! Tem janta nesta espelunca?

Laura apareceu na porta da cozinha e veio para ele com seu ruído especial de pulseiras tilintando e chinelos arrastando.

— Ah, seu filho da puta... Faz mais de três anos que tu não aparece, hein, cachorro safado?...

dezamores

Agarrou-o pelos cabelos, mas era um carinho. Arrastou-o para perto do abajur vermelho e fez um exame crítico, esquadrinhando o rosto, apalpando o peito, a barriga e a bunda.

— Tá branqueando o cabelo, criando barriga e amolecendo, raça ruim? Já tem quarenta?

— Quarenta e três, Laura.

— É pouco pra ficar com esse ar de velharia, caramba.

— Então vou pintar o cabelo que nem tu.

Laura riu o riso rouco que ele gostava tanto.

— Vem comer, que tem o que tu apreceia.

Comeu a comida picante, que adorava desde que tinha vindo ali pela primeira vez, aos catorze anos. Laura o tinha ensinado a comer comida arretada, a gostar de putaria, de cabaré de zona, de sexo pelo sexo, o afeto nada tendo a ver com isso, o que simplificava tudo como num passe de mágica, como não? Gostava tanto dessa mulher de boca suja pela sua franqueza absurda e pelo seu afeto, que podia secar ou jorrar, mas era a única mercadoria que ela não vendia. Chique essa idéia, escreveu-a mentalmente para aproveitar depois. Laura olhou bem dentro dos seus olhos e ofereceu:

— Tenho menina nova, quer?

Passou a mão nos seios grandes dela.

— Quero você, Laura.

— Não se faça de besta, tu sabe que tô velha e não me deito mais com homem nenhum. Nem contigo. Mas tu tá de olho comprido, precisado de carinho, que eu sei. E tu gosta de uma puta, que tu não endireitou nunca. É o único doutor endinheirado que eu conheço que gosta de puta pobre.

Por que gostava de se enfiar nesse mundo de miséria? Não sabia, mas precisava, de vez em quando, como precisava agora.

As meninas esperavam os fregueses ouvindo música, dançando umas com as outras e fingindo que bebiam. Pediu uma cerveja e sentou a negra Arlinda no colo, sentindo seu corpo quente e acompanhando o seu olhar, que olhava para muito longe dali. Depois foi se deitar com ela, acariciou a pele negra e fina, o cabelo pintado que ainda tinha cheiro de fogão de lenha, agora misturado com perfume de rosas ciganas, e conversou devagar, perguntando e absorvendo as respostas como gotas macias, palavra por palavra, até que ela se fizesse presente. Sabia que as putas, novas ou velhas, cuidam de não trazer o coração para uma trepada, mas sempre gostava quando conseguia que elas o trouxessem. Para ele, Beto. Mas que diabo é isso, que merda de sacanagem é essa? — pensou, numa pontada de dor. Foda-se, ninguém precisa saber o que, nem as razões de tudo que faz, pra poder viver — contra-argumentou consigo mesmo. Não era resposta que prestasse, mas ao menos servia para aplacar a porra da angústia.

Quando chegou na casa vazia, de madrugada, abriu o *laptop* e escreveu a história da negra Arlinda, usando delicadamente os fiapos que ela tinha lhe dado. Escreveu de um fôlego só e nem releu o conto, mas sabia que de alguma maneira, mal ou bem escritos, o coração e as dores dela estavam ali.

Depois dormiu um pouco, deixando a janela aberta para sentir o cheiro do mar e acordar com o dia. Chegou pontualmente a São José, fez as cirurgias no hospital do Fábio, amigo de tantos anos. Almoçaram e conversaram sobre esportes, cirurgias computadorizadas, finanças, tecnologias, mercados. Nunca sobre suas vidas, suas mulheres, seus corações.

Enquanto esperava os sócios de Fábio para uma reunião, conectou o *laptop* à linha telefônica e anexou numa mensagem a pasta que continha todos os contos e poemas que tinha escrito no último ano, sem revisão e sem ordem, a não ser a alfabética. Enviou para uma editora que não o conhecia e a quem ele não conhecia. Quando vieram chamá-lo para a reunião, estava rindo sozinho.

Pegou a estrada de volta para casa com uma alegria louca rodopiando na cabeça e no peito. Relembrou frases do conto da Negra Arlinda, saboreou as palavras que tinha escrito, recitou o poema da véspera e chorou uma lágrima curta, percorreu amorosamente todos os textos que estavam agora a caminho de uma editora de verdade.

Sentiu vontade de ligar para Wilma. Há quanto tempo não falava com ela? Seis meses, ou mais. Wilma era uma estranha e inverossímil história da sua vida. Novela sem desfecho é inverossímil, mas nesse caso não havia encontrado final que satisfizesse.

— Wilma...?

— Eu. Quem é?

— É o Beto, Wilma, não me conhece mais?

— Conheço, agora conheço.

— Wilma, eu mandei toda a porra que escrevi este ano para aquela editora que você indicou, faz um tempo. Lembra?

Silêncio do outro lado.

— Wilma?

— Lembro. Tô muda, aqui, Beto. Nem acredito. Quer dizer que você parou de jogar aquelas coisas lindas que você escrevia fora?

— Parei. Parei de jogar fora as coisas "lindas". E agora mandei pra ela. Há duas horas atrás.

— Assim, sem mais nem menos?

— Assim.

Wilma riu. Ele riu também.

— Que louco que você é... Isso lá é maneira de fazer as coisas... E se não acontecer nada, Beto? Se ela não der nenhum retorno? Você vai ficar muito jururu?

— Acho que não. Vou, sim, um pouco. Não tem importância. Quero te ver, Wilma.

— Também quero te ver.

— Eu vou te ligar amanhã.

— Vai?

— Vou. Quero te comer, quero conversar com você até não poder mais.

Ela nem disse nada.

— Um beijo, gostosa.

Ela riu de novo e desligou. Parecia uma menina, rindo, mas era uma tremenda mulher, danada de inteligente e sensível. Era bom estar com ela, conversar e, às vezes, trepar. Wilma era que nem o mar, estava sempre lá quando ele chegava. No entanto...

No entanto nada, por favor, nada. Desligou a máquina de perguntas sem resposta e acelerou com força, agarrado ao volante do carro e à felicidade provisória, a estrada macia pela frente.

Ia chegar a tempo de jantar em família, assistir ao jogo com os meninos, inventar uma história para contar para a Bia antes de dormir. Depois, na cama, contaria para Simone que tinha fechado um ótimo esquema de trabalho com o Fábio e seus sócios, incluindo os *lasers* que ia trazer dos Estados Unidos e ela ficaria satisfeita com a sua (dele) competência. Então dormiria vendo um filmezinho qualquer na televisão, como bom doutor endinheirado e burguês que era. Riu. Estava até criando uma barriga próspera. Sentiu sono. Cantarolou um samba antigo para despertar. Relembrou a idéia que vinha namorando para um romance, uma história comprida, recheada de infância, enfeitada de Teotônios contadores de causos, Duílias e seus doces, Camilinhas que beijava no pomar, tanta gente, tanta, dessa infância que não o largava nunca. Vai ver só tinha sabido amar as pessoas quando era criança. Precisava contar esses amores, e quem sabe iria contar, mesmo, agora que não jogava mais seus escritos fora e quase se sentia um escritor...

Por uma fração de segundo, quase eterna, gostou desse cara, o Beto, esse ser estranho e diferente, tão dois que era: um médico que gostava de putas e de música clássica, de literatura e de boxe, que escrevia como um louco, sem saber para quê, que traía Simone e todas as mulheres do mundo, mas talvez não fosse um canalha porque as queria tanto, e então viu, suspensa nessa fração de segundo, uma carroça atravessada na estrada, bem à sua frente.

7

> Se duas pessoas se amam,
> não pode haver final feliz.
>
> *Ernest Hemingway*

cinema mudo

João Peçanha

O mundo, pouco a pouco, vai se tramando e a cena é de um ônibus urbano: pessoas por todos os lados, cheiros de um dia inteiro de trabalho habitando sovacos e bocas, sacolas de compras no corredor dificultando ainda mais o trânsito dentro do coletivo, um moço que entra pela porta da frente e começa seu discurso de vendedor, alertando que não estava ali para roubar, que na padaria seu produto custava um tanto, mas que com ele não, com ele o mesmo produto custaria menos da metade do preço, vai freguesa? O motorista faz questão de acelerar o máximo que pode, supostamente testando a capacidade dos passageiros de se equilibrarem e vencerem a inércia.

Um calor abusado, mesmo sendo quase sete da noite. À minha frente, sentados no banco de napa furada, um homem e uma mulher, ambos rodando os vinte e poucos; ela por vezes pende a cabeça de um lado a outro, evitando como pode o cochilo; ele, celular entre as mãos, entretido com um joguinho bobo de uma cobra que fica comendo coisas pelo caminho.

O vendedor pede ao motorista que pare o ônibus e salta, não sem antes jogar um saquinho de balas no painel do ônibus. Agradecimento.

Pressinto a modorra que sempre vem quando volto do trabalho. É como se essas viagens diárias fizessem parte de um filme em que eu sou um observador inerte e distante.

Tem acontecido todos os dias. Como um desmaio, como se eu me ausentasse de mim, como se o mundo de repente perdesse a capacidade de emitir sons e eu apenas estivesse ali mas sem escutar nada. Posso antecipar que daqui a pouco vai acontecer de novo. Que os sons paulatinamente desaparecerão, restando em minha cabeça só um marejar, um rumor regular e indefinido, sem origem distinta. Talvez seja o som dos líquidos percorrendo meu corpo. Os sons de meu corpo insistindo em viver. Acontece todos os dias assim que anoitece e, invariavelmente, nesta hora eu estou num ônibus maldito como este, balançando cansado e pendurado na barra metálica morna e emplastrada de gordura de outras mãos.

O celular do homem sentado no banco à minha frente emite um som que chama a minha atenção e eu vejo no mostrador do aparelho que ele perdeu o jogo, permitindo que a cobra comesse a si mesma. Bela analogia para todos neste ônibus. Ele guarda o celular no bolso traseiro do *jeans* e olha acintosamente para os seios da moça a seu lado, ladeados pelo algodão da blusinha barata. Ela percebe o olhar quase sólido tocando-lhe os peitos e respira fundo, fazendo com que os dois montículos, armados pelos dois bicos de seio que despontam da blusa, desenhem um traço vertical. Ele fala alguma coisa e ela o ignora.

Como os surdos. Uma pessoa surda deve escutar este som que já começou em minha cabeça e que, em poucos minutos, tomará conta de tudo e o mundo passará a ser apenas um filme mudo, restando a mim aceitar passivamente ser espectador único e cativo. Dou um soco na barra de ferro e a senhora rechonchuda em pé ao meu lado me olha, como quem pensa: esse aí está pior do que eu.

A moça cede enfim ao olhar insistente do homem a seu lado e diz algo — provavelmente do tipo você sempre toma esse ônibus? Ele responde alguma coisa e se ajeita no banco, encostando-se mais nela e espremendo-a na fórmica azul-clara que emoldura a janela do ônibus. Ela não impõe qualquer resistência. Coxas coladas, os bicos dos seios apontam ainda mais, o que me leva a olhá-los mais detidamente e perceber que são de fato atraentes.

Penso em Ana Luiza e nas tardes sonolentas de sexo e preguiça, e então fecho os olhos, para que a ausência do mundo se torne completa. Não quero mais estar aqui. Prefiriria me uterar num mato qualquer, criar galinhas e morrer solitário, surdo e sem lembranças. Por que, meu Deus?

O ônibus segue célere pelos subúrbios e vai aos poucos se esvaziando. Vaga um lugar no lado de lá do corredor e num salto me instalo ali, conseguindo um excelente ponto de observação. Vejo o rapaz pousando a mão direita na perna da moça e ela permitindo, tremurosa. Ele a beija no pescoço e ela se encolhe, desenhando uma carinha tímida e bastante conveniente. Ele passa o braço por cima dos ombros da moça e eu posso ler seus lábios, desejosa: gostoso.

Oito anos atrás. Eu saltando do mesmo ônibus. O maldito. Na época, tinha começado num emprego de locutor de loja. Ficava o dia todo berrando num microfone de som arranhado as promoções imperdíveis que a loja oferecia. Como era meu primeiro dia, tinha perdido a voz de tanto berrar naquele maldito microfone vagabundo. Não tinha sabido poupá-la e, no final do dia, falei por gestos com o gerente da loja que não dava mais, que a voz já tinha ido embora, que no dia seguinte eu não daria conta do recado. Ele me deu um tapinha amistoso nas costas e me disse para ir para casa, que chá de romã é ótimo, que ele já tinha passado por isso e tal e que amanhã eu estaria tinindo de novo.

O casalzinho está num amasso de fazer inveja e eu me excito com isso. A ausência de sons do mundo me facilita a concentração, e eu me vejo ali ao lado da mocinha, minhas mãos acariciando os seios redondos dela como as dele o fazem. Quase consigo sentir o perfume no seu pescoço — um perfume doce que pouco me agrada, mas que seria um perfume que Ana Luiza gostaria de usar. Ela tinha um péssimo gosto para perfumes. Somos só eu, o casalzinho e duas mulheres gordas no ônibus que se esvazia depressa. O motorista ajusta o retrovisor e lança um olhar excitado para o casal em chamas.

Saltei no ponto e caminhei os dois quilômetros até o conjunto habitacional de casas que se pareciam com peças de dominó: uma depois da outra, coladas, iguais, perfeitas e lineares. Me davam a sensação de que quem morava nelas se tornaria, mais cedo ou mais tarde, tão igual quanto: pares, não identificadas, permanentes. Chegando em casa, percebi que tinha esquecido as chaves, merda! Ainda procurei nos bolsos mais uma vez. As chaves não estavam ali. Tentei chamar Ana Luiza mas me lembrei que estava sem voz e resolvi circundar a casa e bater na vidraça do quarto dos fundos, onde ela passava os dias costurando.

Escutei vozes que vinham do quartinho. Olhei pela vidraça e engasguei com a minha respiração: Ana Luiza estava embaixo do corpo de um homem que a socava com voracidade. A cama de armar que era usada pela mãe de Ana Luiza quando vinha nos visitar sacudia ferozmente e dava a impressão de um desmonte iminente. Pelo chão, havia carretéis, potes de agulhas e pedaços de tecido espalhados. Ainda consegui escutar ao longe o som dos gemidos de Ana Luiza, antes de vomitar no canteiro de flores.

As duas mulheres gordas saltam do ônibus e o motorista acelera, sabendo que daqui a pouco estará livre. Provavelmente esta é sua última viagem. Depois dela poderá ir para casa, foder sua mulher e dormir no sofá, arrotando a cerveja morna que tinha bebido no botequim da esquina, enquanto esquadrinhava as ancas da mulatinha gostosa que sempre ia àquela hora comprar um maço de cigarros de filtro branco.

Toco o sinal e me levanto, percebendo em mim uma ereção violenta, ocasionada pela atuação do casal, que também se levanta e fica na minha frente, esperando que o ônibus pare por completo. Aproveito para me roçar de leve na moça, que se vira, me olha de alto a baixo e se apruma, zangada. Saltamos os três e, de propósito, caminho mais lentamente que eles, olhando a bundinha da moça. Ele enfia a mão no bolso traseiro da calça dela. Eles se distanciam um pouco mais de mim e eu os perco de vista quando dobram uma esquina.

Eu não conseguia falar uma palavra sequer. Queria berrar, queria entrar na minha casa e, com voz de macho, expulsar o macho que comia minha mulher. Queria surrar Ana Luiza até que sangrasse e queria acima de tudo parar de escutá-los. Era um suplício escutá-los! E a voz que não saía e o cansaço e a sensação de não ter feito nada certo: ter esquecido as chaves, ter perdido a voz, ter amado pouco, não ter tido filhos, não, não, não. Me lembrei de uma arma que eu tinha encontrado à beira de um terreno baldio depois de um enfrentamento entre traficantes e a polícia. Eu a tinha escondido atrás do tanque. Peguei-a, fui até a janela do quartinho, apontei para os dois sem-vergonhas e apertei o gatilho, mas não senti o coice da arma. Sentei-me sobre flores do canteiro com a pistola sem balas entre as mãos e enxuguei os olhos na manga do paletó. Eu não escutava mais nada. O mundo estava em silêncio, enfim.

Apresso o passo para continuar observando o casal e, chegando perto da esquina, vejo a sombra dos dois. Contenho o passo. Merda, maldita surdez. Não os ouço mas quero ouvi-los, intimamente gostando da excitação que o casal me proporciona. Dobro a esquina e consigo vê-los novamente. Ela, deitada na calçada imunda, com as roupas rasgadas e tentando sair dali; ele, por cima, metendo nela, currando a moça. Ela me vê e ensaia um sorriso desesperado. Ele vira-se e estaca as investidas. A sensação é a de que os dois esperam pela minha reação: ele assustado, ela aliviada. Sinto uma preguiça tremenda e apenas digo, ou penso ter dito, pois nem minha voz consigo escutar:

— Faça um bom trabalho, meu velho.

E caminho para casa, acariciando meus bagos. O jornal antes da novela, não posso perdê-lo.

amor barato

Wael de Oliveira

O próximo,
tiro a limpo
no seco.

Nesse,
a saudade
me aperta
como casaco
que encolheu

jaculatória

Wael de Oliveira

Que o sangue
de cada mês
lave esse amor
do meu corpo,
leve um pouco
a cada vez.

dia da caça

sara fazib

à beira-mar
o velho caçador
mira a lebre

sem munição
pede mais um chopp

ardor

Ana Peluso

Ardor:
uma lacuna, um buraco enorme e sem fim dentro do peito,
como o rombo de uma explosão em Hiroshima,
como o câncer que corrói a vida de quem ri
                                        sem rima,
como o oco sem fundo, sem fim,
sem meio.

Ardor:
vontade de desaparecer em meio ao éter do mundo,
ir ao fundo do que não existe,
fundir-se ao concreto,
quieto e calado,
sem poder dizer que arde.

Ardor:
necessidade de morrer por um segundo
apenas
e
saber que não se morre por um segundo,
nem por um segundo
                      que seja.

Ardor:
quer apenas comer a alma dos poetas,
porque sempre come do melhor.

Ardor:
quando vê alegria,
se enfurece,
fura a fila,
diz verdade:

— o buraco sempre existirá,
sem fim.

e meio contra vontade,
abrimos mais um buraco no peito,
daqueles que não têm jeito,
e sem perceber
já gestamos outros
deles.

(**Ardor** é a panela do diabo.)

8

Se entornaste a nossa sorte pelo chão
Se, na bagunça do teu coração,
meu sangue errou de veia e se perdeu

Tom Jobim e Chico Buarque

Escuro. É noite e tem um véu encostando na minha pele. Não é a cortina, é lembrança. Ou talvez um bico de pena ao contrário, cuja pluma roça enquanto a tinta escreve esta história no ar:

serenata para Daniel

Adriana Calabró

Tudo começou quando vi a composição geométrica entre o olho e a sobrancelha triangular.

Pareceu-me um símbolo secreto de magia estampado naquele rosto. O encontro claro-escuro das duas íris durou alguns segundos, foi fulminante e formou uma terceira cor.

Pensei que teria mais tempo, mas nem bem nos apresentamos e já vi o seu corpo pela primeira vez. Foi puro acaso, foi sem querer: quando tirou a malha, a blusa foi junto, revelando Daniel. Não são todas as profecias assim? Reveladas? O seu torso desnudo, esculpido em ossos, imediatamente transformou o meu baixo-ventre numa massa de argila úmida, pronta para ser moldada. O jeito fugidio de Daniel, sua timidez escancarada me faziam atenta a qualquer sinal. Estava eu como observadora, a todo instante decifrando códigos. Mas de tão comedido em exterioridades, demorei para perceber que nas suas ações sempre havia algo para mim. Os olhos se encontravam, é verdade, continuavam se colorindo. Havia os sorrisos. Mas se comparados à minha respiração alterada, aos meus mamilos direcionados, aos meus joelhos constantemente encostando um no outro, isso não parecia nada. Nem eu precisava de nada. Só de levar comigo a sua imagem todos os dias, só de acordar no meio da noite com um incômodo cálido, já sentia uma certa satisfação.

Daniel. Enquanto ele se fechava em seu mundo particular, onde se fala baixo, onde se fala pouco, onde se fala "Deus", eu buscava uma entrada para penetrá-lo. Queria entrar nem que fosse da forma mais pura, nem que fosse sua irmã. Mas que ninguém se engane. Tão logo o conheci por dentro e senti que todos os indícios eram reais, ao ver que era predestinado, fui eu que me deixei penetrar. Com pureza ou devassidão, com erotismo ou cansaço. Com amor ou burocracia. De qualquer jeito que fosse Daniel. Todas as covas, todas as minhas felinidades para ele.

Daniel e o seu sorriso. Miúdo e discreto e, talvez por isso mesmo, constante. Quando não sorria, fumava. Quando não fumava me beijava. Assim, por falta de alojamento numa boca atarefada, as palavras não apareciam. Era quase mudo o Daniel.

Mas e agora? Rafael, Gabriel, Anael: quem pode me dizer onde está e por que se foi?

Se afogou, foi esquartejado, incinerado, empalado, esfaqueado, enforcado? Podem dizer.

Mesmo porque sou eu que ando sentindo o sufocamento, o despedaçamento, a queimação, a perfuração, a contrição.

Hoje os meus dedos escrevem o seu nome como se tocassem a sua pele. No teclado se forma uma música de seis notas e repito-a constantemente. Daniel, Daniel, Daniel. Não como um réquiem, mas como uma serenata. A alegria agora não tem mais morada em mim.

Liberto-a pelas pontas dos dedos e espero a resposta, como se fosse possível.

Daniel...

espelho baço

Albano Martins Ribeiro

Estava sentado ao lado do velho, um desconhecido que, de tão visto e acompanhado, me era quase um velho conhecido. Acabara de acordar no assento em que tinha passado a noite, vigiando, por assim dizer, o ser imóvel. Olhava a cama de ferro, alta e branca, coberta por panos que ontem haviam sido lençóis limpos, o pijama branco envolvendo-o por debaixo. Éramos três: eu, ele e a vara que sustentava a bolsa de soro, presença das maiores, de onde descia a mangueira por que lhe pingava uma última esperança de vida. Dentro do pijama, o homem seco e branco era como um carregador de farinha. Lá fora onze horas, sol alto e forte, nascido em manhã absurdamente azul. O quarto branco na penumbra.

Mal se ouvia o respirar. Por cima dos lençóis, as mãos nodosas, ossos recobertos por pele cor de cinza, ainda assim mãos que foram bonitas. O rosto enrugado, a barba rala e grisalha que brotava por entre as rugas, fruta passa. A cabeça, do perfil que a via, um objeto anguloso, pedaço de madeira esculpido a facão, faraó embalsamado, quis dizer Múmia, achei ofensivo. Mas era assim.

A porta se abre lentamente, como se quem a estivesse abrindo cometesse estudada mas necessária imprudência. Nada se via que não as pontas de dedos finos que contornavam a lombada da porta larga, mão de um pardal que se firma num galho. O rosto em seguida, depois a silhueta esbelta, um vestido que pareceu preto por ser igualmente silhueta: uma mulher. Trazia alguma coisa abraçada ao peito, à semelhança de cadernos de uma colegial, e quando os olhos de quem observava se acostumaram à luz que vazava do corredor branco, vi que há muito ela não tinha mais idade para isso, podiam até ser cadernos, mas estudante ela não era. O vestido era mesmo preto, nada mais havia sido ilusão provocada pelas luzes e sombras.

Deu dois passos e enfrentou a cama. Abraçada às coisas, tesa, empertigada, uma quase insolência. Sequer olhou para mim, foi como se eu não existisse, o que era então verdade. A boca contraída disfarçava a iminência de um chorar, mas seus olhos brilhantes cantavam um hino de guerra, igualmente apertados. Era bonita ainda. Tinha sido muito mais, mas quem a tivesse acompanhado no correr da estrada não lhe veria a idade, apenas a beleza por trás do rosto bonito. O velho na cama era o mesmo, respirando imóvel, a boca entreaberta, uma ausência presente, um engano embrulhado em panos quase brancos. Ela o olhava e se lembrava.

Via-o de frente, levantado em pé, e se lembrou primeiro do que pensaram ambos ser o último adeus, como se houvesse últimos adeuses, como se houvesse adeus sem morte, adeus dado há muito tempo, quando as mãos dele não eram cor de cinza, e ela viu novamente suas mãos, que nunca havia se esquecido delas, viu-as tamborilar sobre a mesa ao lado do copo vazio na ocasião desse último adeus, coisa que lhe pareceu displicente face à triste tensão da hora, e lembrou-se da raiva que sentiu com a aparente displicência, sentiu aquela mão direita que depois pousou na sua face esquerda, o olhar de desculpas sem sentido, e lembrou daquelas mãos lhe correndo pelo corpo em ocasião anterior, a sensação das unhas lhe descendo pelas costas em queda livre, o arrepio da aguardada chegada ao fim da queda por debaixo das suas roupas mais íntimas, aqueles dedos lhe vasculhando o interior e sentiu novamente, ali mesmo em frente àquela outra cama, como sempre sentira, o amolecer dos joelhos, a vontade de se cair de bruços, estivesse onde estivesse, e conseguiu vê-lo novamente nu, forte e rosado, quase arrogante apesar de tão menino, a expressão de pedra que tinha enquanto a possuía, o quanto ele detestava essa palavra possuir, o contra-senso daquela expressão dura, muda, quase que em oposição aos primeiros murmúrios dela, aos primeiros gemidos, aos gritos de prazer, e depois os gritos da dor que vinha do tanto prazer jamais sentido por ela, e vinha o silêncio suado, o silêncio depois do trovão. Silêncio. O silêncio da revisão, hora em que ela repassava, entorpecida, o que lhe tinha acontecido, o que ele lhe tinha feito, o que ela tinha permitido que lhe fizessem, e que sempre lhe acontecia diferente, era hora de enrubescer, de não acreditar no que ele tinha conseguido que ela fizesse. Enrubescia porque estava certa de que fizera.

O velho na cama era o mesmo, respirando imóvel. Mas como se sentisse a presença, abriu os olhos e morreu. Ela o percebeu morto e chorou, desistindo.

Deixou cair os papéis lentamente, que lhe fizeram um último carinho pelos seios e pelo ventre enquanto desciam em sua queda livre, mas que não lhe vasculharam a carne pela última vez, simplesmente despencaram em direção ao chão e se espalharam, folhas caindo da árvore morta que encerrava seu ser vivo. Não havia mais quem lesse o que estava escrito. Acabara, finalmente.

Abaixou a cabeça, não a olhar papéis, apenas livrando-se da ensaiada insolência da chegada, virou-se e saiu lentamente, deixando-me sozinho no quarto. O velho sou eu.

desejo

Ana Peluso

trago entre os dentes
a palavra presa
e a língua quente

palavra inútil

Wael de Oliveira

*E as confissões de amor,
que morrem na garganta?*
Olavo Bilac

I

Não há mais choro ou ranger de dentes
— é tempo de seca na terra do amor.

Do solo crestado não brotam letras
e os pequenos sons que ali brincavam
compõem a estatística fria
da mortalidade infantil.

A safra de verbos brilhantes
foi guardada no celeiro do corpo
à espera de terras mais férteis,
onde se possa fazer do poema
profissão de amor, saudade e fé;
onde o crime da verdade seja permitido
na rotação do amor pelo avesso.

Guarda-se o corpo antigo de espera
ao abrigo da covardia mofada,
bruxa cega que não lê entranhas.

II

Não falo com as sombras
que tropeçam em calçadas escuras,
descoladas de corpos rasos.
Elas me procuram, em vão.
Deixo a sombra de cada um
no corpo que lhe convém.

Eu quero mais, quero a carne
do amém na hora do corte,
a pequena morte de quem me deseja.
E que assim seja, pois será
muito mais que ilusão
de quem me pensa ao alcance da mão.
Eu quero muito mais
do que se vê nos espelhos.

Nem ponto nem ponte,
apenas a fonte febril
de quem aos poucos se inventa
em silêncio denso e tenso,
sibilante ajuntamento de pedaços
na costura cuidadosa dos vagos
traços da alma, hoje perigosa.

Viro as costas à poesia
enquanto vou retirando
um ponto a cada dia.

Dou as costas à poesia
esquecida que, no fim,
ofereço-lhe o calcanhar.
Avesso da fragilidade,
aquilo que muito me esqueço
volta do mesmo lugar.

III

Tornei-me o pequeno infinito
que separa o dia da quase noite.
Antes clara, antes rara,
tornei-me um ponto indeciso
— sombra da noite na expulsão do quase dia
enquanto espero carne nova na ferida
que ainda vaza amor.
Em silêncio, o martelo da palavra
repete e grava no corpo antigo
o imperativo do último lance

— renuncia
— renuncia
— renuncia

Carne modelada no fogo do corte cirúrgico
e milimétrico, sem anestesia possível.
Mas há de esperar, porque sei
onde as lesmas rastejam
seus pequenos medos de grandes sonhos
— amores há mais, amores amenos —
enquanto deixam sinais pegajosos
no chão da vida, antes de morrer
derretidas pelo sal das lágrimas.

Ainda tenho as mãos, grandes represas
para o que correria dito.
Mãos que escrevem maior, seguram os atos
no vão do grande amor em vão
e detêm a busca inútil frente à porta fechada.

Antigas mãos batentes em porta errada.

Reviro a raiz das coisas, interrogo sonhos
e busco o fundo do que não fiz.
Calada, ajunto-me e reúno palavras
espalhadas ao adeus dará
para o dia da tristeza final.

Mas depois de curada sei que,
ainda assim, a poesia será
a maior cicatriz em mim.

acalanto

Wael de Oliveira

Dormes
de bruços
sobre meus soluços

a adormecida

sara fazib

na manhã de domingo
a mulher desperta
de um sono secular

nem jovem
nem bela

ai como dói
quando a alma fica
e o corpo vai

la noblesse oblige

sara fazib

I
de manhã
ela mantém
möet et chandon
a oito graus

II
à tarde
massagem e limpeza
de pele
corte e nova cor
nos cabelos
unhas carmim
oh sim
a make up clean

III
à noite
o preto valentino
armani salto dez
pingente da tiffany
rubi
uma gota de parfum
coco chanel

...
rosas venezuelanas
vermelhas
na mesa do canto
piazzola
classical guitar

com passos lentos
ele entra elegante

(entre o alô e o adeus
 um instante)

antes que a porta se feche
sem mágoas
toujours amis
au revoir

IV
a madrugada
criada fiel e discreta
quebra o protocolo
e penetra-lhe alfinetes
estalactites no peito
no sexo
na alma

trôpega
a dama rasga vestes
e véus
espalha ais no tapete
grita
grafita
com sangue e breus
teto e paredes

espoca seu corpo
noir

exangue
adormece indigente
embaixo da sombra
do amor enforcado

V
ela acorda
esmagada
entre a alvorada
e o parapeito

oculta o corpo
faz a faxina
de praxe
o tronco ereto
o queixo erguido
la voilà!

9

> Se eu soubesse que chorando
> Empatava sua viagem
> Meus olhos eram dois rios
> Que não te davam passagem
>
> *Volta Sêca*

a casa dos ventos

João Peçanha e Thelma Guedes

Eu vos olho, duvido, tremo, não sei, não reconheço Tristão.

J. Bédier, Tristão e Isolda

I

...e a história começa assim: um homem magro e encurvado, entre 42 e 45 anos, geminiano e heterossexual — deus do céu, isso é necessário para o leitor?, eu não estaria me desviando do objeto do texto? — desce do ônibus se preocupando em pisar naquela terra novamente e pela primeira vez com o pé direito e se depara com a mesma pequena estação rodoviária que tinha na memória: rodeada de moscas, cães sarnentos e crianças com barrigas protuberantes, correndo e brincando, alheias ao alvoroço causado pela chegada do ônibus bissexto. Deduz-se que a estação seja de uma cidade do interior de Minas ou São Paulo. Ele respira fundo e ajeita o paletó cinza de bom corte mas precisando de uma lavagem urgente. Estala o pescoço, torcendo-o para um lado e depois para o outro. Num botequim próximo fedendo a cachaça e mijo, rádio tocando hinos evangélicos, homens encostam abdomes inchados no balcão e, olhos bolsudos, coçam seus sacos e olham com apetite voraz para o traseiro da cobradora, mocinha alegre e bem-feita de curvas e ondulações, recém-descida do ônibus, olhar cansado mas atento, "sabe andar direitinho", dirão eles, "para lá e para cá, olha só", e a desejam e a comparam com suas mulheres, quietas e benfazejas, provedoras de sexos sem graça mas assegurados. O homem entra no bar e todos os homens o olham com cara de o-que-você-faz-aqui-forasteiro?, e o homem encosta-se no balcão e pede uma xícara de café. O moço do bar enche um copo com uma água preta retirada de uma garrafa térmica mal tampada e coloca um açucareiro entupido no balcão. Comenta a vitória de seu time, invariavelmente invencível, e se cala diante do silêncio do estrangeiro. O homem pede adoçante e o moço do bar o olha sorrindo, "Não temos isso não, moço", vira-se para a pia e joga o pano que usara para limpar o balcão sobre as panelas e pratos por lavar. O forasteiro sente o cotovelo do paletó molhar-se em contato com o balcão e o enxuga com o último guardanapo de papel que jazia amassado no porta-guardanapos de aço inox. Acende um cigarro.

Uma tomada sobre o olhar do homem encurvado tomando café e fumando, olhando para o longe, retinas perdidas em algum momento embaciado, traduz melancolia, que remete o leitor à idéia de que o homem acaba de chegar numa cidade que lhe traz recordações profundas. Quem sabe não seria a cidade onde ele passara sua infância? Encontrara um amor ou o perdera para sempre? Um reencontro? Um acerto de contas com alguém? E então, aqui a história empaca.

O escritor pára e fica pensando com o que um suposto leitor gostaria de se defrontar nesta altura da história, apesar de ainda mal e mal ter chegado à segunda página. Afinal de contas, o interesse deve ser despertado já no primeiro capítulo: capítulos curtos com idéias básicas e interligadas, encadeadas, para que o leitor sinta-se sufocado e sua única saída seja a de ler, ler e ler, a fim de se livrar de uma vez por todas daquelas letras que insistem em amordaçá-lo naquele mundo estranho, ficcional e por vezes assustador.

Decido que um dos homens do bar vai perguntar algo para o personagem recém-chegado.

A história segue com um freguês levemente embriagado, fala mansa e voz jocosa e aguda, perguntando ao homem recém-chegado de onde ele vinha. "Longe", seria uma resposta pouco original mas bastante funcional nesse momento, ao que o freguês rebate: "Longe fica onde, forasteiro?", "A alguns dias de viagem daqui", e a conversa termina com o homem encurvado deixando uma cédula sobre o balcão, tomando suas coisas e caminhando para a tarde sem ao menos pegar o troco substancial que não percebeu ter deixado para a caixinha do botequim.

A câmera poderia fazer uma tomada aérea da cidade e aos poucos ir fechando e fechando até um *close* que permitisse ao leitor ver os minúsculos pêlos da barba por fazer do homem encurvado, dando a deixa de que ele de fato passara os últimos dois ou três dias sem se barbear, provavelmente por estar viajando todo esse tempo. Ele caminha por uma rua estreita e as pessoas ao largo olham-no, algumas como que se perguntando se ele seria mesmo aquele que acham que é, e chamam suas vizinhas, mães, tias, cunhadas, concunhadas, agregados e empregadas e conversam entre si e trocam olhares, soerguem sobrancelhas num espasmo de código de secreta intimidade mas não ousam dirigir palavra ao homem estranho e ao mesmo tempo velho conhecido, "lembra alguém mas não sei quem", que caminha com ar cansado e olhar triste e perdido. À medida em que ele caminha, vai levantando uma nuvem fina de poeira da rua sem calçamento e divisa à direita a Lira e logo depois só que à esquerda a velha fábrica de fogos de artifício, fechada depois que incendiou e matou por asfixia uma turma inteira de quintanistas que lá estavam numa excursão escolar, e já consegue divisar no final da rua à esquerda a casa azul de dois andares, uma das únicas de dois andares da cidade, e a partir daquele momento, não consegue mais desgrudar os olhos da casa azul e do caminho a percorrer até chegar defronte a ela, raspar os sapatos na calçada irregular e empurrar com dificuldade o pequeno portão de ferro, escutar o rangido ancestral do azinhavre dos dias, trilhar o caminho de pedras até o pequeno alpendre, colocar suas malas no segundo degrau da escada, olhar para cima e divisar, rente à cumeeira da casa, as nuvens cinzentas empurradas pelo vento da tarde, dar mais dois passos a fim de alcançar a campainha que, se estiver funcionando, necessitará que o homem a puxe de volta depois de premê-la, já que sempre emperrou quando tocada e até hoje estaria emperrando.

Enquanto ele faz isso, as vizinhas ousam sair de suas casas para ver o que o homem quer e quem ele estaria procurando. Vêem-no empurrar o portão da casa azul, deixar as malas na escada e tocar a campainha e agora ainda o vêem esticar o braço esquerdo, expondo um relógio de pulso dourado, olhar as horas e bufar secretamente estufando as bochechas como um trompetista de *jazz* e novamente premer o botão da campainha ansioso enquanto amassa o cigarro com o pé direito.

A porta se abre e um velho negro surge como uma aparição, uma alma perdida vinda da escuridão em que parece que toda a casa está mergulhada.

"Você mora aqui?" pergunta o homem.

"De favor. O senhor é o dono?"

"Um deles. Estou procurando uma pessoa. Posso entrar?"

O homem negro sussurra um "Por favor, mas não repare na bagunça" e abre a porta para o homem de barba por fazer. A porta se fecha e o escritor resolve terminar por aqui a primeira parte da história.

II

Deus não usa batom, mas bem que poderia usar. E, se ao escritor fosse dado o dom de inventar um deus único e cheio de graça divinal, certamente inventaria um deus que gostasse de usar batom, e que neste exato momento estaria sorrindo placidamente frente a seu velho espelho, pretejado e carcomido nos cantos, a escolher dentre todos os seus batons o de cor mais berrante e sensual. Porque este deus inventado haveria de ser alegre e teria o nome de Magnólia. Estaria, portanto, agora sentado num banquinho forrado de cetim vermelho encardido, frente ao espelho da antiga penteadeira, arrumando-se para entrar em cena.

Mas claro, sabe-se bem e desde sempre que Deus não é alegre nem usa batom, e muito menos chama-se Magnólia. Porque Magnólia tem um nome vulgar (de vedete de teatro de revista), não é deus, é alegríssima e adora usar batons de cor forte.

Sendo assim, melhor que se entenda de uma vez por todas que quem está se arrumando neste exato momento, diante do velho espelho da penteadeira, pronta para entrar em cena e agir com a desenvoltura deífica do autêntico criador de tudo, não é Deus, mas Magnólia. Porque hoje Magnólia tem uma pretensão incomum, sublime, bem superior às suas pretensões cotidianas — desejos baratos de uma pobre velha solitária. Hoje Magnólia quer interferir no destino dos homens. É por isso que a velhinha sorri placidamente como simpática e enigmática Gioconda, enquanto lambuza os lábios com o batom barato que tem cheiro doce de flor de laranjeira.

É preciso explicar, entretanto, antes que se vá adiante, perdendo o fôlego e tropeçando atabalhoadamente entre vírgulas ou conjunções ofegantes, que "neste exato momento" e "agora" são uma completa abstração, porque tudo isto não está acontecendo de fato "agora", "neste exato momento", ou seja, são coisas que já aconteceram. Com isso, quero dizer que a pausa escolhida, fechando o primeiro capítulo, no exato instante da batida de uma porta atrás de dois homens — um velho negro espectral e um cansado forasteiro — não foi fruto de uma resolução aleatória, mas sábio e deliberado recurso, destinado a voltar a ação no tempo, a fim de que, como um deus único e poderoso, o leitor pudesse ver o que não viu e ouvir o que não pôde ouvir ainda.

Não estamos falando mais, portanto, do homem magro e encurvado — que tem precisamente 44 anos e meio de idade, que se chama Camilo, e que em verdade, ainda que isso não interesse ao leitor, não é geminiano, senão não seria assim tão calado, curvado e ensimesmado (pelos modos como se comporta, aposto que é do signo de peixes). Não, o agora não pertence mais à perseguição dos passos de um forasteiro empoeirado. Deixemos o tal Camilo na sala da casa azul, ao lado do velho negro, que traz no semblante enigmático as marcas da bondade dos homens de bom coração. Congela-se a imagem nos dois e a fita volta para trás. Quase ouvimos aquele barulhinho irritante que as fitas fazem ao dar meia-volta na máquina de projeção.

O agora é então outro lugar da casa azul. É o quarto vermelho de Magnólia. No entanto, antes que o leitor comece a ver as paredes pintadas de tinta vermelha, chamo a atenção para o fato de que a estranha coloração avermelhada no cômodo provém de uma ilusão de óptica muito comum, efeito criado pela luz solar da tarde muito quente, que, impedida de se expandir pelo pequeno cômodo, força a entrada de seus raios pelas frestas de uma tosca janela de madeira, essa sim pintada com cores fortes de vermelho-batom-de-Magnólia. Por isso, tudo no pequeno quarto afogueado de Magnólia parece mergulhado em silêncio e chamas: a cama coberta por colcha de *chenille* cor-de-rosa, desbotada e desfiada nas bordas e, ao lado da cama simples da anciã, a penteadeira faceira, tomada por mil batons, enfileirados como soldados de um exército cômico, entre anéis e brincos exagerados, cremes Pond's e frascos de perfume Avon.

Assim, enquanto Camilo desce do ônibus, se preocupando em pisar com o pé direito no chão da pequena estação rodoviária de uma pequena cidade mineira chamada Ponte Nova, Magnólia está em seu quarto, sorrindo diante do espelho e confabulando secretamente com sua própria imagem encarquilhada.

E se fôssemos o espelho de sua penteadeira — esse cruel aniquilador dos sonhos e da face de Magnólia — quase poderíamos ver escritas nos olhos as palavras que ecoam na mente da velha: "Ele está vindo, eu sei! Posso sentir...". Pois no exato agora, em que o homem entra no bar, encosta-se no balcão e pede uma xícara de café, Magnólia parece pressentir sua chegada. Excitada e triunfal como uma deusa do amor, em seu nobre robe acetinado bege, calçando pantufinhas azuis, Magnólia levanta-se e começa a caminhar pelo quarto, vibrante: "Que o destino se cumpra!"

Minutos depois, ao ouvir o pequeno portão de ferro da casa ranger e a campainha tocar, premida duas vezes, com insistência por uma mão masculina, Magnólia quase desfalece de emoção, agitadíssima em meio a suas aspirações magníficas. Engolindo o coração que quase não cabe em si de tamanha excitação, Magnólia cala-se para ouvir a porta que o velho negro Bernardo abre. Em seguida, a voz macia de Camilo chega abafada até seus ouvidos atentos e

embargados de emoção: "Você mora aqui?". Magnólia sorri aliviada:
"Ele veio!"

III

A porta da casa azul fechou-se furiosa atrás de Camilo, que escutou um "Desculpe, moço. Aqui venta muito..." do homem negro que o atendeu. Colocou sua mala no canto próximo do porta-guarda-chuvas, encimado por um espelho bisotado oval que conhecia bem, e inspirou de novo o ar daquela casa. Odores doces e um tanto enjoativos fizeram-no lembrar-se da armadura que ganhara de presente da dona da casa, trinta anos atrás: uma miniatura de armadura medieval, minuciosamente reconstituída por um artesão genovês por encomenda de Magnólia. Como por mágica, lembrou-se dela lhe dizendo, no último dia que se falaram até o presente:

"Leve isso sempre com você, meu pequeno Tristão. É a única maneira de os homens protegerem o coração. Sem isso, nunca será um bom marido ou amante. Será, sim, um boneco de madeira nas mãos da ventríloqua que escolher como mulher."

Não sabia se aquilo fora uma bênção ou maldição, mas era inegável que seus quatro casamentos desfizeram-se no ar sem razão aparente ou explicação plausível, como uma predestinação absurda que o fazia descobrir erros em tudo e desistir, desistir, desistir, tornando-se um feto de si mesmo — recriando-se e recriando tudo à sua volta, como uma necessidade, compulsão em começar do zero, terra autodevastada, princípio eterno sem fim — ou um fim eterno em si mesmo.

Ele agora apalpa os bolsos do paletó e sente na ponta dos dedos a textura do papel do bilhete, e intui o perfume que sentira quando o recebeu em casa, retirando-o do envelope como quem tem nas mãos algo precioso, e o perfume amadeirado pervoou novamente à sua volta, trazendo tardes e adolescências apaixonadas e perdidas em alamedas nas quais ele há muito não passava, e lá estava, escrito em letras miúdas:

Me encontre no sábado, dia de São Judas.
Casa azul, fim da rua.
Lembra-se?
Beijos de sua Isolda,
Marina.

Aquela era a casa dos ventos eternos: mesmo estando com todas as portas e janelas fechadas, ali havia o vento diuturno, conspurcador, inconvenientemente companheiro a burilar o tempo e fazê-lo andar diferente entre as paredes da casa azul.

Embutindo-se a câmera num dos cristais do grande candelabro da sala, pode-se ver pela nesga da porta primeiro os sapatos de Camilo, depois a mala sendo depositada no chão e então os pés lentamente caminhando em direção à sala, e enfim ver Camilo de corpo inteiro, como se estivesse olhando para a câmera, até hoje e desde sempre apaixonado pela beleza do grande candelabro que nunca saíra de sua cabeça, que habitava suas lembranças e faria e, para todo o sempre, fará parte de sua vida. Bernardo ajuda-o a tirar o casaco enquanto, longe dali, uma mão feminina que já se supõe de quem seja abre o porta-malas do carro e joga ali as malas feitas às pressas, deixando no ar um perfume amadeirado. Voltando à cena anterior, ao ver Bernardo tirar o casaco do visitante, nota-se uma mancha escura nas costas da camisa amassada de Camilo, resultado de calores e de longa viagem.

"Magnólia ainda está viva?", pergunta ao negro.

"Sim, senhor. O senhor quer vê-la agora?"

"Por favor."

Bernardo pede que ele aguarde um pouco e sobe as escadas apressado. E aqui cabe uma consideração acerca do tempo.

Agora, ali parado e de novo, depois de trinta anos, dentro da casa azul, vendo um carrossel de passados desfilando pelo cinema dos olhos e cansado, o personagem, até então nosso desconhecido, apalpa-se em busca de cigarros e percebe que a busca de sua vida resumiu-se a um cheiro amadeirado que pervoava do pescoço fino de Marina. Que, mesmo julgando que nunca mais a veria, sabia que ela e Magnólia para sempre fariam parte dele e era esta parte amputada a verdadeira razão de sua busca. Volta a mexer no bilhete no fundo do bolso do paletó. O tempo passa rápido quando nos perdemos de nossa busca, pensa. Um átimo atrás ainda podia sentir lábios, Marina roçando em sua boca, e cabelos, um perfume que enchia os quatro cantos do mundo e fazia-o sentir-se o dono de tudo, posseiro e único proprietário da felicidade que atendia pelo nome de Marina. Um átimo atrás, numa quermesse da pequena Ponte Nova, tinha visto a moça, dona daqueles grandes olhos verdes, e corrido feito louco em direção a eles, e sem permissão alguma, beijado os lábios da moça que via pela primeira vez e murmurado, entre incrédulo e exultante:

"Desculpe, mas eu precisava beijar o futuro amor de minha vida."

E o sorriso e o sorriso e o sorriso dela, agora podia ver, ladeada por uma mulher, achava que mãe dela, escandalosamente pintada e muito bonita, com um sorriso discreto mas perceptível, que meneou a cabeça concordando com o beijo roubado. Um átimo meu Deus, um átimo!...

Do vitrô incrustado no *hall* que dá para a cozinha da casa azul, pode-se divisar a sombra de uma velha descendo pesadamente as escadas, mas Camilo está absorto em si mesmo e não o percebe, e Magnólia frui a oportunidade de observar aquele que um dia já foi seu pequeno, sua criatura forjada em tardes de música e poesia ao lado de Marina, e percebe-se buscando no homem desconhecido os olhos de um Tristão que há muito tempo perdera-se dela, assim como buscara nos olhos de todas as moças do mundo os olhos de Marina, a sua Isolda para sempre.

Caracteriza-se aqui, portanto, um triângulo de necessidades entrelaçadas: três destinos trançados para sempre (maldição ou bênção?), trágico plano de três personagens que o autor, sádico confesso, costura vagarosamente, como que saboreando as artimanhas que nunca foi capaz de tramar em sua própria vida. A quarta parte tratará da conversa, trinta anos depois da última vez, entre Magnólia, sagitariana, e Camilo, o pisciano ascendente em nada, o pequeno Tristão perdido, no dizer da velha vedete da casa azul.

IV

Um átimo místico do imediato: a transparência etérea da pele alva e encarquilhada descendo degrau por degrau com a lentidão das divas. Um nó cego do urgente: a têmpera sangüínea de duas pernas ágeis entrando num automóvel a quilômetros da casa dos ventos. Um sopro assustado do momento: as mãos de Magnólia escorrendo úmidas pela balaustrada majestosa. E o indócil e insubmisso tempo fluindo pelas mãos aflitas no volante da outra: a bela e distante dona está a caminho. O que têm em comum duas mulheres no mesmo mundo, no mesmo instante? O destino a que se destinam: uma ínsua chamada Camilo.

Fiquemos em Magnólia, uma vez que a outra ainda demora:

A velha continua a descida aos infernos, inquirindo de Camilo seus vestígios heróicos. Ele baixa os olhos tímidos, fugindo do sorriso ardoroso da anciã amiga. Tristão não é o mesmo, destituído de coragem, paixão e façanhas. E Magnólia abre os braços, com a esperança de que seu gesto tenha a autoridade de reerguer os olhos do homem suado e melancólico, como se dissesse: "Eis-me aqui! Toma-me, Tristão!" Mas o que diz é outra coisa:

"Camilo", a voz dela é fraca, quase um sussurro, para não ser um espanto.

"Magnólia, vim porque...", a palavra dele volta para garganta, onde ferida e exausta, agoniza.

"Eu sei, Camilo, você voltou por ela."

"Ela", o homem suspira, porque "ela" tinha sido um céu da boca interminável de um beijo. Um átimo do contentamento incomum, uma felicidade solitária que a vida entrega às vezes ao homem, como um lume. Camilo, inquieto, volta a mexer no bilhete no bolso fundo. Tateia nele o perfume de Marina. Mas a fragrância de um pescoço é madeira impossível à mão de Camilo, ao texto e à sensibilidade da película. O cheiro de Marina deve ser brincadeira da memória ou da fantasia. O leitor há de ser imaginativo para aromas, portanto. E se ao autor fosse dado o direito de escolher, escolheria: em vez do ar de madeira, um perfume oriental de melancia fresca, em frasco de designer piramidal e estranho.

"Marina me enviou um bilhete."

"Um chamado, meu querido. Eu quase posso sentir o seu cheiro de melancia. Perfume doce, não acha?"

"O perfume era de lenho. Maciço."

"Não, meu menino. A memória é dissimulada. Como são os que escrevem e criam. Ela marcou um encontro?"

Sem forças, Camilo apenas move a cabeça positivamente. Ele não sabe se está pronto para a felicidade novamente. Porque a felicidade, ele sempre soube, é o perigo, é Marina.

"Ela virá, eu sinto. Está pronto, Camilo?"

"Eu não sei."

Foi nesta cidade, pequena e perdida, com suas moscas, cães sarnentos, crianças tristes e velhas absurdas, na casa azul, no quarto avermelhado, sobre a colcha de *chenille* de Magnólia, que o amor teve nascimento e guarida. E Camilo fora envenenado por esse poderoso elixir, no breve interlúdio oferecido pela vida e guardado a sete chaves por Magnólia, que reuniu dois amantes adolescentes num círculo encantado e alienado de solidão ardente.

Por que agora recuperar o que está findo? O medo do reencontro converte-se em desejo de fuga do protagonista. Queima-lhe os pés, empurrando-o em direção à porta de saída. Mas quem dita a ação do triste títere, quem dirige seus passos trôpegos sou eu. E eu digo: Fica!

"Espera, Camilo! Marina está vindo!" Assim é que o escritor dá a Magnólia o direito de deusa e de palavra. E Camilo não tem saída.

V

"Somos gaiolas de nós mesmos, meu pequeno Tristão", diz Magnólia, abraçando um Camilo hipnotizado, choroso e perdido em barulhos internos e marulhos sem origem conhecida.

Não mais tão longe da casa dos ventos, um par de olhos verdes simula prestar atenção às faixas brancas interrompidas da estrada, mas está sobretudo em outro tempo e outro espaço, num *zapping* atemporal e assíncrono.

"E, como gaiolas, não nos é permitido que nossos pássaros prisioneiros se soltem. Marina está aqui", e aponta para o peito do Tristão à sua frente, "e daqui nunca saiu. Esta é a oportunidade que vocês terão para deixar seus pássaros partirem para nunca mais ou novamente reencontrarem o ninho que sempre foi guardado para eles."

Marina agora sente novamente os lábios de um menino, perdido no baú de trinta anos atrás, estranho, que viera até ela numa correria desabalada, olhos negros e fundos pregados nos dela, têmporas latejando a olhos vistos, arfante e determinado. O premer dos lábios do menino acordou-a da visão hipnótica e circular da roda gigante com colar de lâmpadas multicoloridas. Ela olha assustada para os negros olhos e vira-se para a mulher a seu lado, como que para se assegurar de que Magnólia aprovara o ocorrido. Os olhos pintados lhe asseguram que aquilo é permitido e ela sorri para o garoto à sua frente e, a partir daquele momento, o coração dispara e ela sentirá para sempre aquele palpitar, aquela presença pulsante e quase devassa a lhe lembrar da sensação do primeiro beijo, daquele menino que a chamou de "futuro amor de minha vida", que a fez se sentir desejada, parte de um plano, de algo maior que um dia ou uma estação: ela sentiu-se parte de uma vida e aquilo seria para sempre sua bênção e sua maldição, nas palavras de sua tia Magnólia.

"O que eu faço, madrinha?", pergunta Tristão assustado.

"Nada. Espere."

Como um deus sem sentido e fazendo questão de encher o mundo com linhas tortas, o autor insistiu, por trinta anos, em mantê-los afastados e tristes, sofrendo e pensando um no outro, transformando a possibilidade da felicidade em algo inalcançável de que não seriam nunca merecedores ou depositários.

Uma tomada por trás do carro, deixando para trás um pôr-do-sol alaranjado e esparramando-se no céu, dá ao leitor a impressão de que Marina estaria naquele momento largando a porção de ocaso em que transformara-se sua vida nos últimos anos (Jorges, Éricos, Armandos, Augustos) e, numa atitude arrebatada de quem sente algo tirar-lhe os pés do chão, ruma para um lugar e um tempo desconhecidos naquele presente, mas marcado e feliz, tatuado com flores e poesia num passado que, por muitos anos, Marina supunha não pertencer a si mesma, mas a uma personagem que um Deus qualquer havia, fantasiosa e temporariamente, a ela obrigado se vestir. Ela olha o retrovisor e uma porção triste de sua vida fica para trás para sempre, desfazendo-se como os lilases no céu atrás do automóvel, que zune incólume rumo à casa dos ventos.

Um corte. E lábios masculinos sorvem uma bebida cor de chá, dando a impressão de destilada pela expressão espremida do homem que acaba de bebê-la de um só gole. Uma mão de dedos nodosos e unhas mal pintadas recolhe o copo e uma voz anciã ecoa no grande salão do candelabro, na casa das ventanias: "Isso fará bem. Reaquecerá seu coração." Vira-se e coloca o copo na arca de madeira escura, murmurando para si mesma: "Pequeninos pássaros obscenos!"

Os pneus do carro patinam na pequena rua de terra batida e ela vê a Lira, a padaria e, do outro lado, uma fábrica de alguma coisa que havia explodido e matado uma turma de estudantes muitos anos atrás e, iluminada pelo pequeno ponto de luz sobre o portão de ferro, a casa azul assoma como um fantasma, ao mesmo tempo temido e desejado, um câncer que a habitara latente por anos a fio e que agora cobrava sua parte.

Ela freia e salta do carro, batendo a porta com força. Pernas tremem. Abre o envelope e relê o pedido de Camilo para que o encontrasse naquele sábado, dia de São Judas, na casa azul, fim da rua, "Lembra-se? Beijos do seu Tristão".

Um pouco tonto. Assim ele se sente pela longa viagem, pelo reencontro com tudo, pela expectativa que o som da freada e da porta do carro sendo fechada com força lhe despertam e pela bebida forte em seu estômago comprimido e vago.

Ela estaca e percebe uma dúvida assaltando-lhe, enquanto move o braço em direção à campainha emperrada e ancestral, e o braço pára no ar num *pause* estudado de um deus sádico que prevê e urde um clímax de agonia antes do reencontro catártico. Ela sente figuras silhuetosas atrás de si, como fantasmas, pedindo para não serem esquecidos, rogando a todos os deuses para que o encontro temido por eles não ocorra, porque sabem que assim seriam transformados em pó de nada, estrada abandonada. Um vento gelado passa pelas costas dela e pontilha a pele dos ombros da Isolda paralisada. Ela resolve não tocar a campainha e procura, atrapalhada pelo lusco-fusco, a fechadura redonda de latão. O contato frio com o latão a faz lembrar-se de rodas gigantes e algodões doces. Poesia, luz, sons, vozes de crianças pela casa avarandada, amor prometido:

"Quero envelhecer junto, Camilo."

Ele caminha devagar pelo longo corredor, não sem antes perceber os dedos da velha roçando seus ombros e a voz de Magnólia dizendo algo com a palavra "Destino". Não sem antes assegurar-se de que os ventos da casa azul acompanhavam-no pelo longo corredor. Não sem antes ajeitar a camisa e respirar fundo, assegurando-se de que o coração estava no mesmo lugar e que o mundo, a partir do momento em que abrisse aquela porta, certamente seria diferente do que é agora. Não sem antes verter uma lágrima pelos trinta anos que passara sem expectativas.

Ela sente a maçaneta de latão girar sozinha sob seus dedos.

Ele gira a maçaneta e abre a porta pesada.

Os ventos da casa partem para sempre.

Ele vê os mesmos olhos verdes, só que novos porque maduros, porque diferentes, porque doídos, porque agora sabedores de que não haveria mais saída, de que agora seria diferente, de que agora a casa azul nunca mais teria ventos incertos e perdidos e, por fim, de que agora Magnólia, a mais predestinada dos predestinados do triângulo eterno formado por eles, estaria livre para morrer, por ter cumprido sua única missão sobre a Terra.

E a história não termina assim, nem poderia, porque histórias não findam em tempo algum. São como ventos que sopram eternamente os seus sibilos e eventos. Eternos açoites nas coisas. Só é preciso mover o ar nalguma direção para ouvir seu canto agudo. E interrompê-lo em algum instante — o mais assustado ou concluso —, tornando-o a última folha escrita. Depois disso, ao criador resta o bafejo na tinta do papel e a liberdade, para morrer ou recomeçar, pois esta é a sua única missão sobre a Terra, missão que nunca verá cumprida. O escritor é, pois, senhores, uma casa habitada por ventos.

garoa

Wael de Oliveira

Brilho na noite:
teu olhar conta
gotas em meu corpo.

Inundo a rua.

palavra inventada na hora

Ana Peluso

Lua lilith poderosa, arsênico do arcano quinto, labirinto do posêidon, desbravamento de terra, cu de barro, pau sem era, cidadela inesquecível, um abrigo, inteligência, o átomo que nunca se rompe, qualquer de qualquer de nós, movimento de estaca, bate lata, bate lata, ninguém sai do lugar;

Afrodite escandalosa, mel de gueixas japonesas, alguma mulher francesa, um facho de luz, sem razão ou liberdade, nada entra, nada sai, tudo fica onde está(?), bebo, como, enfarto, inacabado, projeto, sem companhia, tiro na favela, fria, bala, brinco, pedras, tropeção, a dor na mão, teclado sem aro, arado sem terra, aquela era, mulher nua na esquina: messalina, messalina;

Mente, total, mente, glosa, ironia fina prosa, calada ficção, a boca que ri não diz nada, sentimento sem razão, qualquer estado civil, sempre a mesma tarde de abril, sentimento de mulher, morte por antemão, mão na boca "eu te quero, eu te quero!", estreito vão, você fechou, o decote da blusa que uso, suspeita, transforma quem ousa(?), pode, quem não tem, de amor morreu;

Antes da hora, de tesão ou fartura, prossegue o poeta, adoece, o tiro que sai é sempre de paz, o mapa da mina não vi, explodiu o canto ao lado, as fezes estão no caminho, vizinho sumido, rei posto, rei morto, ditadura dos sentidos, que rei?, pé no ouvido, gilete por baixo das unhas, corta, estaca, corta, estaca, conta, canta, encanta, quem vê o caminho não sabe o final e sabe disso: e eu com isso: e eu com isso?;

Menino volta de longe, o monge, a mulher barbada e a erva, a cadência do chorinho, o domingo do vinho e do pão na mesa do bispo, o lixo do quarto dos fundos, o mundo, quem anda?, imundo, o estado final de tudo, rei mudo, rei mudo, canseira de farol quebrado, ao lado, ao lado mora o pecado, eu nado, eunuco, a nuca é a aorta do sexo, reflexo não é amor, é morte, senhor do destino, meu tino, o quinto dente do siso foi arrancado, o saldo, eu saldo, eu banco, eu conto e digo:

O mar não se resolve, quem toca o sol, se queima?(!), a água molhou o poema, a chama, eu fumo, me ajeito, me seco, inquieto sinal, tua mão, o onze, foi abril, foi em mil, voltou, infiel.

Palavra inventada na hora: você.

alea jacta est

sara fazib

o telefone toca
a sorte é lançada

que se disputem as vestes

espalhadas sobre a mesa
facetas de mim

10

Ébrio da taça do amor.
Os dois mundos escorrem por minhas mãos
Nada mais me move
Além do gozo desse vinho.

Rumi

a chave do nada

Chico de Assis

Já anteriormente veio a propósito falar da impossibilidade de amor com prostitutas. Mas uma noite, em que a obsessão de descobrir a eventual existência de passeantes solitários e o seu significado me levou a perseguir um vulto humano, que se embrenhava em percursos intencionalmente labirínticos pelos velhos bairros da cidade, encontrei-me, no limite, perante uma fêmea ameaçadora, envolta em peles, misto de minotauro e de louva-a-deus, que me atraísse para uma cópula decisiva.

Julio Moreira

Naquele tempo havia a noite e sua solidão dolorosa. Eu me arrasto entre as ruas estreitas do Rosário, das Calçadas e do Rangel, onde escolho uma boate, geralmente a Mauá, e disfarço com as putas minha incapacidade de amar ou a impossibilidade já embrionária de me fazer ou me sentir amado. Assim, eu fico triste ou faço cara de triste, só pra despertar a atenção ou a piedade das pessoas, qué que você tem? O jeito de Norma era carinhoso, a voz suave, mas às vezes me enjoava, não tenho nada, perdi a chave.

O diabo é não saber realmente que chave. Perder a chave para mim é a perda da alegria, da disposição, do ânimo de viver. *Animus vivendi*, diria meu velho professor de latim, um cara completamente doido, vítima, segundo diziam, de dezoito acidentes graves, dois deles de avião, que lhe deixaram uma enorme cicatriz por trás do pescoço e um olhar furibundo de quem tantas vezes entrara em contato com a morte. É mais ou menos um olhar semelhante que se apossa de mim naquele fim de semana, no trajeto tradicional de casa para a zona. Observo esse cara que vai aí, de bicicleta, meio sem rumo, ou me distraio ao imaginar, como gosto de fazer quando me deparo com o incômodo mas fascinante mistério do sentido da vida, o que estaria pensando cada um daqueles transeuntes, uma diversificada fauna de boêmios, ladrões, viciados, prostitutas e prostitutos? Que forças de atração e rejeição teriam sido desencadeadas, na origem do movimento daquele sem número de pessoas, vindas das regiões mais longínquas, orientadas pelas mais diversas perspectivas e divisando os mais diversos horizontes? O que as teria juntado ali, naquele momento mesmo em que cruzo os portais carcomidos da Mauá e atravesso o corredor estreito que me conduz ao elevador, depois ao quinto andar e enfim a uma das mesas já ocupadas por algumas putas?

Naquela noite, nada de especial parece freqüentar o burburinho das mesas ou entrecortar os lânguidos olhares das meninas, insinuando um toque de sedução geralmente falso, em direção aos homens que chegam. Eu me acomodei entre Lourdes e Martinha, duas novatas recém-chegadas do interior, por força de uma história que parecia comum a todas elas, meu pai me expulsou, depois que dei pro dono da venda, ou do engenho, ou da oficina, contanto que dono de alguma coisa que significasse poder nas pequenas comunidades de onde geralmente saíam.

Embora seja considerado freguês, eu sinto certa dificuldade de puxar conversa ou estabelecer intimidade — diferentemente de Tenório, meu melhor amigo e mais freqüente companheiro em noitadas assim, que papeava com as putas, desde o primeiro momento, como se fossem velhas conhecidas. Além do mais, só muito raramente eu trepo. O medo de doenças, qualquer coisa no ambiente ou, mais ainda, na operação comercial que costuma anteceder o ato, tem que acertar preço antes, bichinho, produzem em mim a maior brochação. Prefiro, assim, ficar bebericando cerveja, trocar carícias ocasionais, até que a madrugada me leve de volta às ruas. Aí sim, sentido alerta, tesão a meio, início a busca. Não importa se no fim do percurso encontre a frustração, tantas e tantas vezes isso já ocorrera, eu terminaria dando àquele estado um novo nome, sentindo-me ao mesmo tempo compensado só por haver tentado, não se pode dormir com todas as mulheres do mundo, lera em algum lugar, mas deve-se tentar. Não importa também se em meio a caminhada, vagando sem rumo pelas ruas antigas da cidade, mal iluminadas e convidativas a extravasar ali mesmo a ansiedade coletiva percebida nos vários tipos noturnos que me cruzam o caminho, alguns rebolando exageradamente no andar, outros austeros ou nostálgicos no olhar, todos inequivocamente à espera de um sinal de consentimento, que pode ser um leve roçar com uma das mãos no sexo, ou um rápido arquear das sobrancelhas, ou ainda um simples riso nervoso, não importa se qualquer uma dessas inúmeras e freqüentes ocorrências possa gerar algum mal entendido e colóquios tão sumários, quanto constrangedores, e aí meu lindo?, não, não tou a fim. O que importa na verdade é o prazer experimentado na procura, como se isso me bastasse, enchendo-me de energia que se renova a cada noite, animando-me a prosseguir desassombradamente, independente dos resultados obtidos, na direção da esperança.

Hoje percebo que a razão da enorme diferença que eu sentia, entre ficar com uma das mulheres da boate ou com uma outra encontrada aleatoriamente na rua (quando, afinal, àquela hora e naquelas bandas, mulher que passasse só podia ser puta), deveria estar precisamente aí, nesse furtivo contato com a esperança, presente apenas numa das situações. Creio também ter sido a proximidade com o clima de uma verdadeira conquista que me aproximou, naquela noite, do vulto de cabelos desgrenhados (quanto mais desgrenhada mais eu gosto, talvez porque me ajude a montar o cenário de promiscuidade que não sei por que invade sempre minhas fantasias masturbatórias), sentado no parapeito da ponte, oi, posso sentar?, recebendo-me desatenta, se quiser, destilando enorme fastio pelos olhos oblíquos que acentuam indisfarçável cansaço, tanto faz, mas aviso logo que eu tou podre de cansada. Eu percebo na resposta a ambigüidade comum às mulheres que entre um sim e um não preferem o depende, isto é, depende da vantagem que possam tirar de uma forma ou de outra, e me adiantei em lhe acenar com uma, deixo você em casa, de táxi. Ela me olhou pela primeira vez de todo, medindo o atrevimento daquele fedelho, que lhe parece precisar, ainda, "tirar o selo", como costumam dizer suas amigas, ainda mais com aquela cara de besta, de óculos, camisa por dentro das calças, almofadinha, pensou, mas em compensação como seria bom chegar logo em casa, estando um trapo, como estava, então tá, falou num repente ou sem pensar.

Então táxi, dentro do qual o motorista não parece nada satisfeito com o mexe-mexe no banco traseiro, onde ela me oferece, nas mãos em concha, os peitos enormes, entre os quais afundei minha boca e perdi literalmente a cabeça.

A descida em prazeres acentua apenas o limiar da contradição, entre a brutal excitação que se apossa de todo o meu corpo e o problema imediato de um local onde possa extravasá-la, na minha casa não pode, meu homem é da radiopatrulha, me mata, se souber. Ao lado, havia um grande descampado, para onde Creuza dirige seus olhos, antes que a ânsia dos nossos corpos ache um estreito lugar entre dois trilhos abandonados e possamos dar uma trepada que ficaria para mim antologicamente catalogada como uma das melhores que daria em toda a minha vida, porque enquanto eu me esforço para conter o mais possível o momento do gozo (alguém me havia dito que, para deixar a mulher doida e ser considerado gostoso, o macho deveria fazer assim) ela não pára de gozar, o que me infla a auto-estima, por também haver ouvido ou lido, em outro lugar, que puta só goza com o respectivo macho, afirmação desmentida nos elogios que foi soltando, você, hem, com essa cara de besta. Tudo terminaria assim, sem que do episódio se pudesse extrair maiores conclusões existenciais ou ontológicas, não fosse o incidente ocorrido quando já me encontrava no ônibus de volta a casa. Ao procurar o dinheiro da passagem, dei por falta da carteira, onde conduzia todo o meu dinheiro (não era muito, mas era o dinheiro da semana) mais o referente ao aluguel da casa que o velho havia me pedido que pagasse e eu não havia pago. O desespero foi simultâneo à sensação de haver sido otário, só pode ter sido ela, pensei. O problema imediato deveria ser resolvido com o cobrador, que leu a verdade em minha cara assustada e foi até muito camarada, condescendente, isso acontece, velhão, passe por cima da roleta, enquanto eu me acomodo num dos bancos do coletivo e amadureço um plano qualquer que me devolva pelo menos a ilusão de poder recuperar minhas precárias e surrupiadas posses. Tentei relocalizar o táxi que nos havia levado e a naturalidade com que o motorista me recebeu e me ajudou a procurar no banco traseiro me fez acreditar que ele não havia encontrado — embora isso não passe de mera intuição, mas eu valorizo muito esse tipo de coisa e as intuições sempre me pareceram a base inicial para o verdadeiro conhecimento. Decidi não voltar para casa, ficando em troca a zanzar pelos botecos conhecidos, onde fosse possível pendurar algumas cervejas e mastigar vagarosamente a raiva, particularmente por ter sido ingênuo, como fui idiota, porra, já estava pensando num caso de amor, enquanto planejo os detalhes da operação que iria desencadear logo mais. É verdade que não há muito o que planejar, eu trataria de reencontrá-la no começo da noite, na mesma área onde nos havíamos encontrado. Caso ela não aparecesse, tentaria sondar o ambiente sobre outros possíveis locais onde pudesse estar e em última instância iria acampar nos arredores da sua casa. Foi assim que cheguei ao começo da noite e já meio trôpego, os olhos vermelhos pelo sono acumulado, fui-me dirigindo ao local previsto. Mal chego à cabeceira da ponte, percebo que ela está no mesmo local, sendo simultaneamente percebido por ela, porque levantou e eu acelerei o passo temendo que fugisse, mas estranhamente ela se dirige ao meu encontro e é quase correndo que nos abraçamos, enquanto ela levanta triunfante minha carteira na mão e eu a cerco de indagações, como foi que achou?, quando?, percebendo ao mesmo tempo que a resposta é um pouco arrumada, perdi um brinco também, dada em meio a um constrangimento que ficou mais claro na lágrima furtiva que teimou nos seus olhos e me pareceu um pedido de perdão, ansiosamente esperado, terminando por desencadear uma atmosfera incomum de ternura e afeto, que me fez experimentar, ainda que em fração de segundos, a inusitada sensação de haver, ao mergulhar no nada, encontrado a chave.

amarilis

Dora Castellar

A noite é de lua, a fogueira é bonita, grande e alta, as labaredas sobem para o céu, estalando, querendo estrelas. Muitas mulheres estão sentadas em volta do fogo, se aconchegando e conversando em todas as línguas do mundo, nesta última noite do congresso feminino pela igualdade e pela paz. Comemoram decisões, manifestos, palavras de ordem, amizades, conquistas e vitórias, entre risos e, por que não, entre lágrimas que lavaram as dores de tantas vidas. São letradas, analfabetas, cientistas, artistas, donas de casa, operárias, poetas, empresárias, artesãs, políticas, escritoras, camponesas. Entre elas eu, Amarilis, brasileira de Sertão Velho, confins da Paraíba. Eu, Amarilis, nome de flor conforme jurava minha avó, que aprendi a assinar meu nome depois dos trinta, aqui estou, em carne, osso e espírito, na Cidade do México, quieta, olhando tudo e dentro de mim mesma, eu que tanta lenha catei e cortei para acender o fogo e cozinhar um punhado de feijão, sempre gostando de ver o fogo pegar, gravetos finos, cascas cheirosas, eu, de enxada na mão desde que tive força, eu que pari meu primeiro filho com quinze anos e depois mais seis.

Eu, Amarilis, que tive o corpo macio e firme e a boca vermelha e cheia, atraí o olhar de Tonhão, chefe da jagunçada de Seu Zé Miguel e, se Tonhão me quis, não teve jeito. Mulher não morre de agüentar um macho, é o que se diz, e é verdade, eu não morri quando Tonhão me levou para a pensão do Boiadeiro, me tirou a roupa, me beijou o pescoço, enfiou a língua na minha boca, passou a mão no meu peito, e até aí eu poderia contar, se alguém acaso quisesse saber. O resto esqueci. Foi como se desacordasse, minha alma decerto saiu pela janela e ficou lá fora esperando, no quintal da pensão, junto com as árvores, as galinhas e o cachorro que dormia. Quando voltei a dar fé de mim, estava nua no chão e não na cama, Tonhão estendido do meu lado, me olhando com um sorriso torto, dizendo "então era donzela mesmo, sua potranca chucra, cosquenta, quase me escapa porta afora, a galope". Tive um sobressalto, a voz dele parecia vir de outro mundo. Levantei e não vi sangue, nem senti dor, só vi sair de dentro de mim um visgo branco. Nove meses depois pari meu primeiro filho sem nunca, até hoje, lembrar como foi que Tonhão entrou dentro do meu corpo pela primeira vez. Tive dois meninos dele, que foi bom para mim e até montou casa mobiliada. Em Sertão Velho se dizia que eu tinha amansado o coração do matador mais ruim do mundo, eu que podia deitar com esse homem e fazer tudo que ele queria com a boca e as mãos e a bunda, sem nunca gostar do seu jeito e do seu cheiro, até que ele morreu numa tocaia, pois de velho é que não ia morrer.

Eu, porém, continuo viva e estou aqui, olhando este fogo, entre mulheres lutadoras, eu que passei fome sem Tonhão e fui viver com Dito, homem trabalhador que pegava na enxada de sol a sol para ganhar muito mal a vida, além de beber todo sábado metade do que ganhava na semana, dizendo, com seu olho manso, "mas é só a metade, viu, Amarilis?...". Dito, sem maldade, com quem continuei passando fome e fez em mim três filhos sem pedir nada, bastando abrir as pernas desse corpo que eu nem sentia, pois se existia alguma coisa melhor ou pior não estava em minha cabeça vazia, em meu coração perdido. Tempo duro, de trabalhar como bicho para comer só arroz com couve, a pobreza sendo tanta que duas crianças morreram de doença, até que Dito morreu também, o sol a pino, em cima da enxada, me deixando sozinha com três filhos pequenos.

Eu que agora estou sentada aqui, junto de minhas companheiras, descansada e sem dores, mourejei um ano que durou cem, sem conseguir comprar comida que desse para todos, e agradeci quando Mariano Cruz se chegou em mim. Era homem bruto, de mão pesada e cara feia, mas tinha uma casinha e era bom de serviço, esse Mariano, que me deu mais duas crianças, mas uma não vingou. Eu me pergunto agora se esse homem me emprenhou dormindo, pois disso não lembro, só lembro que tinha que levar a vida com desespero, vinte e cinco anos e sete filhos, quatro vivos, dois meninos e duas meninas. Mas lembro, sim, quando abriram uma escola em Sertão Velho e meu menino mais velho, de oito anos, foi aprender a ler e escrever. Eu folheava seu caderninho, sentindo vontade de saber ler e escrever também, e outra vontade me veio, a de dizer não. Disse, e por isso apanhei de Mariano, sem me importar com o sangue que ele me tirava, até o dia que anunciou que ia para o Sul tentar a vida: "se eu me der bem volto para lhe buscar mais as crianças, se não der, Sertão Velho me vê mais, nem você, mas pode ficar com a casa".

Eu me pergunto se esta boca que hoje sorri nessa noite de festa alguma vez sorriu nas tantas vidas que vivi e morri, e respondo sim. Ria quando era criança e brincava, ria de ver minhas crianças falando "mãe" pela primeira vez, ria quando tinha comida boa para dar a elas, mas muito mais ri quando me olhei no espelhinho da parede no dia da partida de Mariano e disse que não queria mais homem, nem filho na barriga, nem fome. Tinha uma casinha e era forte, então, mesmo sem saber como, assim fiz. Oito anos vivi, trabalhei, comi e dei de comer aos filhos, sozinha, o corpo descansando dos homens que nunca quis, o coração na sombra, a alma não sei.

A lenha estala na fogueira, uma mulher toca violão, outra toca flauta, outras chegam e sentam, aumentando a roda. Ficamos ainda mais perto, uma sorri e me diz alguma coisa, mas não voltei ainda do passeio em mim mesma. Fecho os olhos para ver Chico como vi pela primeira vez, e de novo sinto um baque, uma moleza, um calor, um frio. Era tarde de verão e aceitei ir com ele à mata. Chico me deu a mão, falou, e tudo parecia novo e nunca visto, "um ninho caído, veja, quanta arte... Uma teia de aranha esperando o orvalho da noite pra melhor brilhar na luz da lua, repare... A noite se sente antes dela chegar, é só ver a passarinhada apressada, querendo dar ainda um vôo, um pio, um canto, escute... Mas não adianta, a lentidão da noite chega, com pés de pano, então há que perder a pressa, pra melhor viver"... E foi assim, como noite de lua, que Chico chegou em mim, e eu não poderia falar, se quisesse, mas não quis. Não poderia andar, se quisesse, mas não quis. Só quis olhar as veias da sua mão e cada curva das unhas na ponta dos dedos e a marca do chapéu na testa e a boca guardando todas as palavras que ainda ia me dizer, a linha dessa boca não tinha fim, e por cima de tudo os olhos, abertos para mim, então entrei, eu, Amarilis, parida de sete filhos, virgem de amor, para aprender o carinho e o prazer e o gozo por artes dele, meu homem, Chico.

E esta Amarilis que hoje aqui está nasceu dele, assim como Sertão Velho, pois Chico se alastrou entre o povo como em meu coração. "Todo mundo merece terra para trabalhar", dizia, "todo mundo merece ganhar o justo para morar, comer, vestir, passear" afirmava, "Seu Zé Miguel não é senhor de escravos, ninguém é dono de ninguém, só de si mesmo". O povo acreditou e se juntou a ele e nada foi como antes, muito menos eu. Vieram outros companheiros de Chico, montaram um sindicato na minha casinha que já tinha sido de

Mariano, começaram a luta, invadiram terras, montaram acampamento. Seu Zé Miguel nada dizia ou fazia, nem parecia ligar para o que se passava em Sertão Velho. "Está dando corda pra gente se enforcar", diziam uns, "está sendo vencido pela força do povo", diziam outros. O fato é que por um ano a esperança lutou de igual para igual com o medo, e eu, ai, quanto temia eu pela vida de Chico! Tratava de me enganar, dizendo que Tonhão não existia mais, mas nem precisava Tonhão, pois nem tocaia foi feita. Jagunços vieram como soldados, tiraram Chico de dentro da casa-sindicato e executaram no meio da praça, à vista de quem quisesse ver e contar.

As labaredas consumiram a casa e o acampamento como este fogo consome esta lenha, mas não consumiram Chico. Chico não se consome jamais, está vivo em cada pedaço meu, nas reuniões dos companheiros, nos acampamentos e nas lutas que vou lutando pela vida afora, eu que sou agora uma ativista e aqui estou, escutando os cantos e os versos das mulheres. Então me levanto e desnudo este corpo que no espelho de vidro tem quarenta anos mas também a idade da menina que fui e posso ser, pois é com ele que desejo, quero e posso, e nua percorro a roda, iluminada pelo fogo e pela lua, dançando a paz, o alimento, a justiça, a igualdade e a alegria, que é o que cantam estas mulheres, e se escorrem lágrimas dos meus olhos enquanto danço são pelo prazer e pela dor de existir no mundo e ser Amarilis, nome de flor, e nada mais.

gênesis

Wael de Oliveira

Faça-se a luz e o gozo.

Fez-se, de repente,
teu corpo luminoso.

dupla abstenção

Adriana Calabró

Úmida, pontilhada, macia e ademais útil. Principalmente quando se dobra batendo de leve nos dentes para dizer no ouvido desprevenido: *molhada*.

Metalinguagem pura essa língua expressando em palavras a umidade relativa, salivada, do meio das pernas dela. Paradoxo intenso essa língua produzindo faísca, imprimindo cicatriz de calor por onde passa: pescoço, ombros, colo e seios. Estes não são mais como há dois minutos, já remodelaram-se, duros e geométricos só com a hipótese de prazer. Ele não resiste a puxar o bico de leve com a boca, esticá-lo até sentir resistência, chega até a tentar os dentes com a possibilidade de uma mordida. Mas devoção não suporta máculas e, ao invés, a visão dos dois montes claros, redimidos, faz despertar o tato mais refinado. Faz dos dedos, sopros, das palmas, vapor.

Tanto querer é desconfortável, tanto melhor mudar de posição. Uma pequena reorganização e pronto. Acomoda-se tudo de novo, braços e pernas, cabelos e músculos, agora para explorar a pele da barriga e encontrar o umbigo, primeira afirmação de profundidade. Um lago vaticinando o oceano.

Tão rápido e ele já sente embaixo a insuportável rigidez, a força involuntária que tateia, busca, pelos comandos sádicos do sangue inchado. As cenas passadas, repetidas na memória que delibera a cada novo encontro os prazeres passados. A última chupada, ainda dá para sentir o esticamento das peles e a fricção que, mesmo precisa, não tinha a burocracia da obrigação. O rosto tão belo, tão perto, mechas castanhas embrulhando a embalagem seminal com descuido. A boca transfigurada e as rugas do cenho dando um viés antiestético de sedução avassaladora. Foi ontem. E é tão agora que o pau nem tem mais por onde expandir. Que espere um pouco mais. Ainda falta unir umidade com umidade, a língua e os pares de lábios, tão sapientes quanto mudos. Para afastar as pernas, não convém desperdiçar a conformidade entre as mãos em concha e as nádegas em curvas. Leve pressão. Só o suficiente para abrir espaço que sirva a cabeça. Sem arejar demais, sem perder aconchego. Enquanto os fluidos se escorregam pela boca dele, lá em cima, no rosto teso, olhos lavados de generosidade. *Laissez Faire*.

O gosto é inconfundível e o aroma, de um só momento. Se por demais exposto, azedo. Se por demais velado, acre. Como o dela, perfeito. Até os pêlos compridos, agora nascendo no meio dos dentes dele, oferecem nova sensação. A de alinhavar qualquer palavra desnecessária. O dedo indicador, para reforçar tal pedido de silêncio, encosta transversalmente nos grandes lábios para, em seguida, permitir ao dedo médio que penetre. Termômetro medidor. As contrações dela começaram suaves, traço ancestral de parturiente. Agora sim é concebível buscar o membro com essa mesma mão, com esses mesmos dedos revestidos de visgo, para indicar-lhe o caminho. Ascender então o corpo pelo corpo entregue dela e, por fim, satisfazer conteúdo e continente com uma entrada forte e rítmica, regada a benfazeja permissão.

Sorriso que se forma de olhos. As línguas voltam a encontrar-se e, na dança improvisada, mimetizam na boca o que se passa em todo o resto. Simultaneamente, Pênis e Vagina envergonham-se dos nomes impróprios e, por pudor, escondem-se um no outro. Eliminam-se espaços com qualquer que seja o movimento disponível, ilumina-se o transe xamânico, diário e possível. Possível. Mesmo entre as quatro paredes de um prédio de vidro. Mesmo em um quarto simples, decoração pouco estudada. Eis a divindade do gozo. A chance concedida, às vezes subestimada, de alguns segundos de abstinência. Abstinência do inteligível, abstinência da personalidade, da fala, da concatenação de idéias, do ego, das crenças absurdas, dos desejos por desejos. Abstinência. No saldo de tudo, por alguns segundos, dois corpos nus, tremilambidos, exaustos e completos, sem força de trabalho ou de guerra. Abstinentes.

liberté

sara fazib

Na sexta
ela disse
Deus dá
Deus toma.
Citou Jó
os salmos
o Vale das Sombras.
Lembrou o calvário
do outro
e de outros iguais.
Eu não ouvi.

No sábado
calada
cobriu a cabeça
de cinzas
vestiu saco
e jejuou.
Tomou a minha sina
para si.
Eu andava
ela andava.
Eu caía
ela caía por cima.
Ficamos ébrias

sujas
rotas.
Vendemos o corpo
as lágrimas
a roupa.
Então nos recolhemos
nos quartos mais recônditos
e nos purgamos
até a última gota.

No domingo
levantou-se
banhou-se.
Abriu a janela
e ordenou
venha até aqui.
Eu hesitei
ela disse não tema.
Eu me aproximei
ela me empurrou.
Eu voei.

barroca

Wael de Oliveira

Quero ser teu sempre amor cotidiano,
absurdamente prosaico amor.

Quero viver a grande tragédia dos amores
nas pequenas coisas que faço,
nos pequenos passos do grande caminho.

Acordo a dedicação do maior amor
quando os olhos abrem o bom dia que te dou,
quando os braços contam a saudade acordada
depois de cada descansado passeio noturno
por sonhos em que ora estás, ora não.

Quero ser o sentimento do teu pão de cada dia,
fermento vivo na massa do teu desejo,
que desejo comas sempre com apetite
— entrada, refeição principal, sobremesa —
para depois beberes o licor que ofereço
só a ti, o teu licor do meu amor.

Quero viver as despedidas do amor
quando te vais, quando sais
olhos brilhantes para o mundo
que não me contas todo, ao voltar,
mas que me depositas no corpo

guardião de esperas, pedra de altar
que profanas em noites, tardes e manhãs
de heresia, de puro sacrilégio.

Quero viver os velhos medos do amor
na louca travessia de ruas e anos
que me sugerem as faces da morte
— ausência do teu corpo, do teu calor —
no imprevisto imprevisível da vida.

Quero cair os abismos do amor
em teus silêncios reticentes,
tão naturalmente expressivos
da fusão impossível, fatal e desejada,
meu ponto de não desejar mais nada
a não te ser, a não ser tecer
nossa mortalha de eternidade.

Mas, enquanto vivermos o grande amor,
quero ser tua aventura silenciosa pela cidade.

píncaros precipícios

Janaína Amado

Desde o dia em que sua mãe se cansara de gritar no quartinho dos fundos, onde o marido a trancafiava nas madrugadas antes de sair para a roça, desde o dia em que a linda e louca mãe se libertara das grades e ganhara a estrada velha da serra, com metade da cidade gritando atrás dela — em vão, porque ninguém jamais conseguiu colocar de novo os olhos sobre ela, como um feixe de luz desapareceu para sempre na mata —, desde esse dia, chuvosa madrugada de agosto, o abismo apareceu ao lado da menina Dora. Não sabia se fundo ou o que, composto de quais matérias, se rochas, dunas, fezes, limbo, fogo, lama, se tudo isso e mais alguma coisa, entumecido de folhas, de bolhas, cavalos-marinhos alados, se denso ou rarefeito em mariposas, se gema, sal, luz tardia do universo ou mistérios do mar, vale ou despenhadeiro, sem porquês nem comos, eiras ou beiras, sem nada, nada Dora sabia sobre ele. Abismo apenas, colossal buraco colado do lado esquerdo do corpo. Bastava uma olhadela a qualquer hora, dia ou noite, para constatar que sim, ele continuava ali, atento, vigilante — um passo em falso, um único passo em falso e a engoliria para sempre.

Desde aquele dia do sumiço da mãe o mundo despencara em perigosas falésias sem fundo, píncaros precipícios de universos ignotos e malvados, tão diferentes da pacata Aflitos onde vivia. O alegre casario colorido de Aflitos, enfileirado na ponta da barra do rio, dormia o silêncio (plácido) dos esquecidos, contando o tempo pelo lento fluir de suas águas barrentas. Outrora fervilhante porto fluvial para escoamento do café da serra, há muito trocado pela rodovia que passava ao longe, a pequena Aflitos e seu povo pareciam a Dora rasos, previsíveis e terrivelmente aborrecidos, enquanto o seu abismo era tortuoso, surpreendente, íntimo, sobretudo aterrorizante. Quando pequena, Dora evitava sequer olhar para ele, pois tinha certeza de que ao espiá-lo desabaria lá dentro para todo o sempre, enfeitiçada.

Viver perto do precipício desenvolvera em Dora hábitos e gestos estranhos, como os involuntários movimentos dos olhos para a esquerda, vigiando algo que só ela via, e um andar aéreo e muito leve, quase nas pontas dos pés, evocação dos frágeis equilibristas a balançar nas cordas bambas do mundo. Dora nunca virava a cabeça para o lado esquerdo por vontade própria; quando obrigada a fazê-lo, girava o corpo inteiro, pés firmemente plantados no chão e olhar fixo no horizonte, escudo mental interposto entre ela e seu penhasco. Mesmo com todos esses cuidados persistiam riscos, principalmente à noite, quando os pesadelos a faziam debater-se sem direção pela cama, perdida em universos talvez mais profundos que o precipício. Menina ainda, uma noite acordou aos berros, no chão, as duas pernas já dentro do precipício e uma força poderosa a puxá-la fortemente para o fundo. Segurando a beirada da cama com as duas mãos e toda a força da alma, após muito esforço conseguiu livrar a perna direita, mais tarde a esquerda, saltando sobre o colchão, salva enfim. Aterrorizada, Dora disparou aos prantos para o quarto do pai, aninhando-se entre os lençóis dele, que eram ásperos, quentes e cheiravam a urucum.

Com o tempo, o terror do abismo tornou-se ainda mais insuportável que o medo do gigante de pés rudes, mãos calosas e unhas pretas, chapéu enterrado, poucas palavras e nenhum sorriso, no entanto carinhoso, ela o adivinhava pelo roçar eventual da barba que a espetava no rosto como um ouriço, à moda de beijo. Trêmula, introduziu o assunto quando o sol se punha vermelho sobre a barra de Aflitos. Acocorado na soleira da porta, do tamanho dela o pai parecia quase humano:

— Pai?
— ...
— Pai?
— Tá ouvindo, pai?
— Hum... — chapéu enterrado, sequer se moveu.
— Pai, se eu lhe contar uma coisa, o senhor não fica bravo comigo?
— Não fica, pai?

Tomou como aceite o leve esgar que ele às vezes usava por sorriso.

— É que.. eu... eu... Pai, eu vivo na beira de um abismo!

O rápido movimento de cabeça dele fez com que Dora se sentisse trespassada pelos olhos negros, à altura dos olhos verdes dela (olhos de serpente, iguais aos de sua mãe, repetiam as viúvas de Aflitos, trajadas de negro da cabeça aos pés, com suas línguas de fogo e chicote). Os olhos dele eram lanças perfurando os dela, penetrando-lhe o peitinho magro, alvejando-lhe o coração, que nesse momento se partiu para sempre em sangrentos gomos de dor, jamais voltando a unir-se de novo, enquanto ela viveu.

— Nunca mais! Tá me ouvindo, Dora, nunca, nunca mais repita isso na vida! — apertou com força os braços da menina, sacudindo-a. — Não existe abismo, não tem abismo nenhum! Não e-xis-te, tá me ouvindo? Nós tamos aqui embaixo da serra, na beira do rio, como é que pode ter abismo aqui? Hein? Responda! Anda, responda! — os grandes dedos escuros de terra raspavam o rosto dela. — Se você repetir isso, tá me ouvindo? Se você repetir isso, Dora, eu... te mato!

Jogou-a com força no chão e se enfiou dentro do breu da casa, mas Dora ainda ouviu a voz dele, ao longe:

— Já não bastou sua mãe?

Adolescente — mocinha, como Aflitos dizia —, apaixonou-se perdidamente pelo precipício, seduzida por ele. Noite alta, aproximava-se rastejando de suas bordas e, segura nos tufos de capim e no tronco do ingazeiro para não despencar, passava horas debruçada ali, cabelos ao vento, vento no rosto, olhos fechados, sentindo os cheiros das funduras dele. Muitos Dora não reconhecia porque ainda não existiam no seu mundo, como o cheiro de um recôndito e quente buraco situado na escarpa mais íngreme do precipício, às vezes negro às vezes vermelho vivo, a palpitar em sua mão como um coração de boi, álacre oco ignoto que um dia a preencheu com tanto suor, prazer e aguda dor que ela, ai, chorou, a cabeça docemente recostada na borda do penhasco. Aromas de margaridas silvestres, queijo talhado, mortes misturadas ao seu querido palhacinho colorido da infância, o arlequim; cheiro do leite azedo que o bebê regurgita, cheiro de mãe, dos seios brancos e macios da mãe por onde sua delicada mãozinha passeava distraída, deliciada, enquanto mamava; cheiros de muitos homens, a pinga brava do pai, o incenso do padre, as alpercatas de couro seco do pai, o corpo perfumado do moço bonito da esquina, a cueca do pai, os negros bigodes de seu Inácio, que evocavam, ela não sabia por que, jacarandá da serra, os pêlos pubianos molhados do pai, que entrevia escondida, respiração suspensa, enquanto ele se banhava no rio de Aflitos, e tão ardentemente desejava; primeiro as narinas, depois a boca, mãos, a pele inteira e os gomos vermelhos despedaçados do seu coração se abriam, oferecendo-se para recebê-lo, a ele e à sua grossa lança em riste voltada para ela... Uma tristeza roxa a invadia. Dora erguia-se de um salto, fugindo daquele precipício que a seduzia e a atormentava, tornando-a a mais baixa, a mais vil pecadora de Aflitos, *vade retro*! para retornar a ele humilde e obediente na noite seguinte, assim que o pio da coruja a chamava. Agarrava-se à beira do penhasco para de novo ali perder-se entre os cheiros, sons, cores e sinais que a preenchiam, povoando-lhe as secretas e perturbadoras paragens íntimas.

***

Seu Inácio dos bigodes negros e bastos, português cabeludo e gorducho, dono de bar, vinte e cinco anos mais velho que Dora, após algum assédio propôs-lhe casamento. Com dois gestos bruscos de mão, o pai fê-la compreender que devia aceitar o pedido na mesma hora. Aflitos despovoava-se, os homens dali saíam cedo em busca de emprego, muitos retornando apenas anos depois, transformados — botas de bico prateado, chapéus imponentes de vaqueiro e uma animação no andar que não existia em Aflitos —, apenas para assistir ao enterro da mãe, apressados em retornar à metrópole a que agora pertenciam ou julgavam pertencer. Além disso, Dora divagava, o moço bonito da esquina, o do corpo cheiroso e dos olhos de mel, o que tocava rabeca quando a lua nascia atrás do rio, fora-se embora, decerto também ele à cata de emprego. Em Aflitos não havia lugar para tocadores de rabeca.

Dora recebeu seu Inácio modesta e agradecida, quase feliz por livrar-se do pai, e esperançosa para colocar um pouco de cor em sua vida, quem sabe algum amor. Seu Inácio era metódico, objetivo e sovina até a raiz dos cabelos negros e bastos, que ele trazia à portuguesa, com os fios inteiros jogados para trás e fixados com vaselina. Dois meses após o casamento, quando passeavam de mãos dadas pela beira do rio, timidamente Dora lhe perguntou:

— Seu Inácio, o senhor sonha com o quê?

Ele riu, surpreso:

— Sonhar? Homem, que eu não sonho, não!

— Ué, não sonha? Nunca? Nem um sonhozinho? — a mão direita dela deslizava suave nas águas do rio.

— Essa é boa! E eu lá tenho tempo de sonhar? — respondeu irritado. — Já lhe disse, ó menina, que a minha vida foi e é duríssima. Não há tempo para sonhar, mal há tempo para ganhar a vida. Sonhar é perda de tempo. Olhou o relógio: — Por falar nisso, já estamos atrasados para abrir o bar. Vamos lá, apressa-te!

— Mas, seu Inácio...

— Inácio, Inácio, já te disse que agora sou teu marido, não fica bem a menina chamar-me como a um desconhecido! — exaltou-se, rosto vermelho. Com irritação apressou o passo, o corpo atarracado querendo chegar logo ao bar.

— É que não me acostumei ainda... — a voz de Dora tornara-se um fio, nascido de alguma geleira no seu interior.

"Nunca vou poder contar a ele do meu precipício!", concluiu ela no caminho para o bar, com tamanha tristeza que até seu Inácio notou, perguntando-lhe se lhe doíam os pés por causa dos sapatos novos. "Os pés, não", respondeu Dora, acrescentando mentalmente: "Mas dói o meu coração".

Nessa noite Dora baixou a guarda. Enquanto dormia voltou ao precipício, descalça e desarmada. Vestia uma leve camisola de estampa miúda, que tremulava ao vento sul da madrugada, como os seus cabelos. Sentia o coração pesado de terror. Desta vez estava decidida a jogar-se dentro do precipício e sumir para sempre nas suas profundezas e mistérios. "Prefiro mil vezes esse precipício do que o sexo sem graça e nojento de seu Inácio!", repetia, esfregando com força o braço na boca, olhos, coxas, para tentar afastar deles o cheiro de jacarandá que descobrira falso, pois não vinha do corpo de seu Inácio, mas de uma essência barata que um mascate trazia para ele, em troca de dois goles de pinga no bar. "O cheiro do corpo dele mesmo é de suor, cheiro de porco!", Dora cuspia para o lado, caminhando firme rumo ao desfiladeiro, a pele arrepiada de frio e medo.

Quanto mais andava, porém, mais distante o desfiladeiro ficava. Caminhou por desertos de dunas tristes, cor de malva, a encher de areia e desespero os seus cabelos, desertos habitados por camelos arrogantes e caranguejos minúsculos que lhe subiam pelos tornozelos, mas o despenhadeiro não chegava. Orientou-se em meio à densa, fechada vegetação da mata da serra, lá onde jamais ousara estar, atenta aos macacos descarados que bolinavam de galho em galho sobre sua cabeça, às minas d'água, ao choro manso da terra e ao rastejar mortal das jaracuçus, sobre gravetos e espinhos que lhe sangravam os pés, mas também ali não viu o abismo. Sobrevoou as ruas planas de Aflitos, mal iluminadas pelos poucos lampiões a gás, cruzadas por uma ou outra sombra solitária. Nesse vôo divisou pela primeira vez o esplendor do céus sem fim e lá muito ao longe, onde o rio se diluía, águas infinitas que ela provou e sentiu salgadas, concluindo deslumbrada ser o mar com que tanto sonhara, mas nem mesmo ali havia algum penhasco.

Dora acordou vomitando, cansada, sentindo-se doente. Não teve condições sequer de abrir o bar para receber os pãezinhos quentes trazidos por seu Inácio da padaria principal, situada do outro lado da cidade, que ele buscava de madrugada e vendia por uns tostões a mais, servindo à freguesia. Enfurecido, seu Inácio:

— Não me digas que és doente! E essa maçada, agora! Com uma mulher desmiolada e doente, estou eu cá bem arranjado! — bateu a porta com força.

Os vômitos eram da gravidez. Dora viveu aqueles meses suspensa em felicidade, atenta aos mínimos movimentos da criança e às modificações do seu próprio corpo, acariciando a barriga que crescia redonda. "Cresce, filhinha, cresce, vem pra junto de mim. Sou tua mãe, nenezinha. Vou te amar tanto, tanto..." Borboletas voavam em volta dela, inventando caminhos luminosos enquanto ao longe uma trombeta soava.

Nessa época Dora começou a escrever. Sua letra redonda e bem desenhada, típica dos primeiros anos da escola, preenchia cadernos caprichosamente encapados com papel celofane verde, todas as folhas numeradas por ela mesma. Deixava a imaginação voar livre pelos ares, e escrevia. Seus assuntos preferidos eram a filha que nasceria (sempre soube que seria uma menina), a mãe e sua fuga desesperada rumo à mata da serra — essa mãe louca e desconhecida que tanto amava, com quem se identificava e de quem agora se sentia estranhamente próxima — e, sobretudo, o seu precipício. "Ele é do tamanho do mundo. Às vezes fica verde, às vezes amadurece. Tem a cor de Aflitos. Acho que esse precipício um dia ainda vai me devorar. Sinto muito medo dele. Rezo todos os dias. Tomo todo o cuidado com o meu lado esquerdo. Ainda mais agora que você, minha filhinha Clara, você vai chegar." Dora escrevia também letras de canções, músicas para crianças semelhantes às que aprendera na infância. Recordava-se do som da rabeca do moço bonito da esquina, o tal cheiroso dos olhos de mel, e inspirada pela música dele, buscava na memória letras das canções antigas, que modificava ligeiramente. Com sua voz pequena porém afinada, cantarolava essas canções para Clara, o rosto curvado sobre a barriga para a filha poder ouvi-las: "Se esse rio, se esse rio fosse meu / Eu inventava, inventava um barqueiro / Pra remar, pra remar até o mar / Onde o meu, onde o meu amor está".

Certa noite o pai a surpreendeu escrevendo absorta, curvada sobre o balcão do bar, a luz da vela mal iluminando as páginas do caderno e o seu perfil delicado. Ele arrancou-lhe o caderno, aos berros:

— Desgraçada! O que tá fazendo aí? Quer me dizer? Vá cuidar de seu marido, da sua casa! Não tem trabalho, não? Anda, Dora! Vá!

Tomada de fúria surpreendente, Dora tentou arrancar o caderno das mãos do pai, mas ele, muito mais alto, ainda segurava as páginas sobre a própria cabeça.

— Era só o que faltava, essa mania de escrever! O que você tanto escreve nesse caderno? Escrever — segurava agora um dos pulsos da filha — deixa as pessoas malucas!

Atraído pelo barulho, chegou seu Inácio. O pai continuava a esbravejar, a voz cada vez mais alta:

— Não vê sua mãe? Escreveu um monte de cadernos, pra quê? Me diga, Dora, pra quê? Pra ficar maluca! Escrever deixa as pessoas malucas, tá me ouvindo? Pare com isso, já! Sou seu pai, você tem que me obedecer! — sacudia-a com violência.

A mãe também escrevia!

Seu Inácio colocou as pesadas mãos sobre os braços do sogro, obrigando-o a soltar Dora:

— Pare com isso, não vê que a está machucando? Ela está grávida!

Ela também escrevia!

O pai tentou recompor-se, ofegante. Seu Inácio emendou: — Ela agora é minha mulher, mando eu nela! Temos um trato: Dora pode escrever as bobagens que quiser, desde que isso não lhe atrapalhe os trabalhos no bar e na casa. Até agora ela cumpre o trato, não tenho queixas. Deixe-a, meu sogro. Essas bobagens de Dora não fazem mal a ninguém. Sei o que faço.

Sua mãe também escrevia!

Tapinhas amigáveis nas costas do sogro, seu Inácio disse:

— Vamos, homem, acalma-te, vem cá beber um café...

Dora atravessou rápido a portinhola do balcão, voando sobre o pai:

— Onde estão os cadernos dela? Você tem de me dar, sou filha dela, tem de dar pra mim! Me dá, pai! — socava-lhe o peito, chorando convulsivamente. Jamais agira assim.

Ele agarrou-a pelo pulso, aos berros:

— Ah, quer os cadernos dela? Pois queimei todos, na fogueira! — olhos de espinho. — Todos! Folha por folha! Um por um, ouviu bem, Dora? Não sobrou nada, nem as cinzas eu deixei, pra não espalhar pelo mundo a loucura dela, pra... — cuspiu no chão, enfurnando-se na noite. Os gomos despedaçados do coração de Dora ficaram abandonados sobre o balcão.

***

Dora e a filha Clara tornaram-se amigas inseparáveis. Muito viva, a garota tinha os cabelos negros do pai e os olhos verdes da mãe, "olhos de estrela", dizia seu Inácio, louco pela filha, "olhos de cobra, como os da mãe dela, como os da avó", resmungavam pelos cantos as negras viúvas de Aflitos. Mãe e filha passeavam pela praça, banhavam-se no rio, preparavam salgadinhos para vender no bar, arrumavam a casa, lavavam roupa e louça, cozinhavam, costuravam; sobretudo, conversavam. Falavam sobre os diversos peixes do rio, a mata da serra com seus macacos, o mar que um dia Dora conhecera, quando voara — sim, Clarinha, voara! Louca de alegria, braços abertos sobre os céus de Aflitos enxergara o mar lá longe, reconhecendo-o pelo sal das ondas. Contava a Clara sobre a beleza da avó que um dia sumira na mata do mundo, sobre o gostinho dos sonhos que as duas cozinhavam, sobre o distante Portugal, terra de seu Inácio... A menina adorava quando a mãe cantava para ela as canções antigas, aprendidas ainda na infância, cujas letras modificara ligeiramente. Para essas letras, Clarinha inventava belas músicas que a mãe ouvia, encantada.

Dora não sabia se a filha enxergava o seu precipício. Desde que Clara nascera, era essa a sua principal preocupação. Não tinha coragem de contar-lhe, sequer de insinuar o assunto. Se visse o precipício, como Clara reagiria? Fugiria de pavor? Chegaria perto, arriscando-se a cair dentro dele? O coração de Dora gelou, só de pensar na filha despencando no abismo. Mas sentia um medo ainda maior: o de que Clara a considerasse louca. Afinal, sem sequer suspeitar da existência do abismo, muita gente em Aflitos a achava louca, por causa do destino da mãe dela, dos seus olhos sempre perdidos no espaço a ver ali coisas que ninguém via, do seu jeito sonso, de suas constantes olhadelas para o lado esquerdo, da sua recusa sistemática em colaborar com as obras da Igreja... Imaginem se soubessem dos secretos abismos onde ela sempre se perdia, das geleiras que ele continha — paredes do seu coração —, dos píncaros da madrugada envoltos em nuvens, das larvas vermelho-amareladas dos seus vulcões sempre em erupção; ah, se sequer suspeitassem do cheiro estonteante, do terror daquela substância preta, pulsante, pegajosa, palpitante que cobria o seu precipício! Quando criança, se ela própria, Dora, tinha horror àquilo — àquilo que era dela —, e se hoje ainda sentia vertigens ao se aproximar do abismo, qual reação poderia esperar de Clarinha, senão o pavor da loucura?

***

Caminhavam um dia, mãe e filha, por uma rua de Aflitos, quando ouviram o som de uma rabeca. Vinha de uma pequenina casa azul, de porta e janela. Ganhava alegremente a rua, o beco no fim da rua, a praça depois do beco, o gado no pasto além, o ar, as árvores e os passarinhos. Dora estacou, encantada, sem acreditar no que ouvia. Puxando Clara pela mão dirigiu-se até a porta da casinhola, que estava aberta. Lá dentro, um belo jovem — talvez já não tão jovem mas ainda belo —, o mesmo jovem cheiroso dos olhos cor de mel que povoara seus sonhos de adolescência, tocava. A luz da janela iluminava-lhe a figura, revelando as minúsculas poeiras de que o ar é constituído, de forma que ele e sua rabeca estavam envoltos em luminosos pozinhos flutuantes. Dora e Clara quedaram-se à porta, enlevadas, até o término da música. Quando deu pela presença delas, ele se aproximou das duas sorrindo, rabeca na mão esquerda, palheta na direita, querendo saber:

— Então, gostaram da música?

— Sim, sim, sim, respondeu Clarinha, pulando de animação. — Bonita!

Intrigado, ele não tirava os olhos dos olhos de Dora. Perguntou-lhe:

— Mas você não é...? Sim, é, sim! Dora... Nunca me esqueci desses seus olhos verdes!

Ela quase desmaiou. Jamais soubera do interesse dele, muito menos que um dia reparara em seus olhos!

A conseqüência imediata desse encontro foi a cólera de seu Inácio:

— Não, não e não! Basta, e não se fala mais nisso! — ele berrou, a veia direita da testa saltada, como acontecia quando se encolerizava. — Não vou dar à senhora um tostão furado para pagar aula de rabeca. Era só o que me faltava! Aula de rabeca! — virou-se, antes de deixar o quarto e bater violentamente a porta: — Assunto encerrado!

Alguns anos de casamento a haviam ensinado como tratá-lo. Esperou pacientemente a raiva dele se aquietar e, com muito jeito, usando palavras certas em momentos precisos — um pequenino erro poria tudo a perder —, convenceu-o de que ela própria conseguiria o dinheiro para pagar as aulas, aumentando o número de panos de prato bordados que vendia. Além disso — argumento decisivo —, o aprendizado dela seria fundamental para Clarinha, pois poderia ensinar música à filha, cuja linda voz, afinal, toda a cidade elogiava.

— Já pensou, Clarinha aprendendo música, como não vai cantar? Sem saber nada ela já é esse canário, imagine depois! — notou-o balançando vagarosamente a cabeçorra de um lado para outro, como fazia quando em dúvida. Dora sorriu — conseguir o aceite dele seria apenas questão de tempo, sabia.

Após a venda dos pãezinhos, quando o movimento matutino do bar diminuía, as duas saíam juntas para a aula de rabeca. Dora levava a filha pela mão com passos ainda mais leves que os de costume, coração aéreo em flor, alado em flor, felicidade passarinha a flutuar em volteios pelo ar, cada vez mais rápido à medida que lhe chegavam os sons da rabeca. Ao virar a esquina não resistia, punha-se a correr rumo à casinhola azul, para alegria de Clara, que também corria. Chegava afogueada, sorridente, etérea ainda, assim permanecendo todo o tempo em que ficava junto dele.

Ivan ensinou-lhe primeiro as notas musicais. Fê-la solfejar, morta de embaraço. Clara solfejava também, com muito mais desenvoltura e habilidade do que a mãe, o que fazia os três rirem e tornava tudo alegre e fácil. Vendo-a sorrir, Ivan olhava bem dentro dos olhos dela:

— Nunca me esqueci desses seus olhos, Dora. Todos os dias eu me lembrava deles. Por isso, por saudade deles, foi que voltei para Aflitos.

— Pois devia ter esquecido — Dora retrucou bruscamente, baixando o olhar. — Aqui, dizem que são olhos de cobra.

— De cobra? — ele não cabia em si de espanto. — Como, de cobra? Mas que disparate! Não, não, são olhos de...

— ...de estrela, como os meus! — atalhou Clarinha. — Assim meu pai me chama: olhos de Estrela.

— Sim — concordou Ivan, sem desviar os olhos dos olhos de Dora... — Sim, são olhos de estrela. Mas também têm a cor do mar!

— Você conhece o mar? — Clarinha mostrou-se muito interessada.

— Se conheço o mar? — ele repetiu mecanicamente, sem afastar os olhos dos olhos de Dora.

— Conhece? Conhece? — a menina puxava-o insistente pela camisa, à espera de resposta.

Saindo do encanto, Ivan respondeu:

— Sim, Clarinha, eu conheço o mar. É lindo! Tão lindo que enlouquece os homens... Tem a cor dos olhos de sua mãe. E dos seus.

— O que tem lá no mar?

— Lá nadam peixinhos, polvos...

— Polvos? Nem sei o que é isso!

Ivan riu. Acocorou-se diante da menina: — Polvos, Olhos de Estrela, têm só uma cabeça, mas muitos braços. Os braços deles são compridos, como os cabelos da sua mãe... Segurou-lhe a mão: — Venha, vou lhe dar aquela bala de coco que você adora!

Para ensinar Dora a tocar rabeca, Ivan posicionava o instrumento nas mãos dela e, postado por trás do seu corpo, segurava-lhe a mão direita, guiando-a nos movimentos do arco. Dora quase desmaiava, pernas bambas, peito disparado, sentindo na nuca a respiração e o hálito dele. Aos poucos foi aprendendo a abandonar o braço, deixá-lo leve, cada vez mais leve, para que Ivan, por meio do braço dela, tocasse o instrumento. O som da rabeca ganhava o dia lá fora e alcançava Clarinha, que brincava alegre no capinzal em frente, acocorada na terra à cata de formigas e sapos do brejo. Ao deixar seu corpo roçar rapidamente o dele, Dora sentia uma febre tão intensa que durante dias seu corpo inteiro se arrepiava, só da memória do calor do corpo dele.

Numa sexta-feira de setembro, Ivan fechou a portinhola e passou o ferrolho por dentro. Dora quis protestar, mas ele tomou depressa da rabeca, colocou-a nas mãos dela, entregou-lhe o arco e se postou atrás do seu corpo, na posição costumeira. Desta vez, porém, enlaçou-a pela cintura e a puxou forte para junto de si, onde Dora permaneceu, ofegante. Enquanto ela tocava — não sabia se bem, se mal, muito menos qual música nem em qual tom —, Ivan levantou-lhe o vestido muito leve e a envolveu, acariciando-lhe o ventre. Abaixando-se, beijou-lhe a bunda, a curvinha entre a coxa e o início da bunda, a coxa, a barriga das pernas, cada um dos tornozelos, os pés, os dez dedos dos pés... Ela nunca soube como conseguiu continuar a tocar, divisando ao longe, através da moldura azul da janela, Clarinha brincar no capinzal e, de vez em quando, o cocuruto de algum passante mais alto cruzar a sua frente. Ivan fez então o percurso inverso, beijando-a toda novamente, dos pés até a curva graciosa e sensual da bunda. Escorregou a mão por baixo até o sexo de Dora e o entreabriu, massageando-a ali. Ela deixou cair o arco, mas Ivan, sem parar de tocar-lhe o sexo, apanhou o arco do chão, fechou-o na mão dela e guiou-lhe os movimentos, até Dora ser novamente capaz de tocar sozinha. De uma só vez, penetrou-a fortemente por trás. Ela gritou, apenas um minuto antes de Clara bater à porta.

Nessa época, o precipício de Dora passou a jorrar coisas. Nas horas mais inconvenientes, algo pulava de dentro do imenso buraco em cima dela. O primeiro a surgir foi o pequeno arlequim de roupa e chapéu de losangos coloridos, alegria de sua infância, presente da mãe. Enquanto bordava pontos de cruz em uma toalhinha branca — para depois ser vendida, a fim de ajudar a pagar as lições de rabeca —, o palhacinho, como se impulsado por uma mola, saltou do precipício e veio postar-se em frente a ela. Morta de susto, Dora quedou-se imóvel, boca entreaberta. Era sem dúvida o arlequim das suas brincadeiras de menina, com o sorriso de retrós vermelho e olhos de botões, meias brancas e delicadas sapatilhas pretas. Dora pousou a toalhinha sobre o banco e, com todo cuidado para evitar cair no abismo, tomou o boneco nos braços e o ninou. Cantou-lhe a primeira canção que compusera para Clara, antes mesmo de a menina nascer: "Se esse rio, se esse rio fosse meu / Eu inventava, inventava um barqueiro...." Nessa noite dormiu nos fundos do bar, abraçada ao seu pequeno arlequim.

Dora escrevia diariamente nos cadernos encapados de celofane verde. Seus textos agora eram habitados pelo seres que continuavam a jorrar do precipício: cavalos-marinhos, algas, sereias, polvos... "Não sei quem são. Não sei de onde vêm. São bonitos. Alguns, como as baleias, são grandes demais. Todos têm o cheiro do mar, que eu nunca senti, mas sei como é. Posso nadar no meio deles. Um, listrado de abóbora e preto, fino como uma folha de papel, diz que me conhece." Ao raiar do dia, já quase hora de levantar-se, acariciava o caderno e o guardava no baú de vime junto com os outros, integralmente preenchidos. "Meus tesouros", pensava.

***

Sempre acompanhada por Clarinha, várias vezes Dora retornou às aulas de rabeca. Saía de casa cada vez mais cedo, quinze minutos, vinte, três quartos de hora, na vontade louca de reencontrar Ivan, entregar-lhe corpo e coração, felicidade.

— Mas já? — protestou seu Inácio, olho no grande relógio de algibeira. — Tua aula não é às 10 da manhã? Que pressa é essa? Após examiná-la desconfiado, ordenou, cara amarrada. — Fica aqui. Pode aparecer ainda algum freguês para o pão!

Dora não conseguia mais pensar. Balbuciando uma desculpa qualquer ao marido, puxou Clara pela mão e desabalou pelas ruas de Aflitos, mal pousada nas pedras das calçadas, coração suspenso por fios de nuvens, louca alegria com a aproximação da casinhola azul onde Ivan a esperava, rabeca em punho.

Clara, porém, ia amuada, fazendo força para trás, beicinho, cara amarrada, agarrando-se com toda a energia aos lampiões da calçada. Estava cheia daquelas intermináveis aulas de rabeca! Finda a novidade, já não achava a menor graça no capinzal em frente à casa nem nos formigueiros e sapos do brejo, principalmente depois que a mãe e Ivan passaram a trancar-se dentro da casa, deixando-a do lado de fora, muito enciumada.

Uma vez chorou, esmurrando a porta até Ivan a abrir. O músico acocorou-se em frente à menina, descalço, cabelos desalinhados, camisa pelo avesso:

— Então, Olhos de Estrela, o que há com você hoje? Não chore! Entre, venha, vou lhe dar sua bala de coco preferida.

— Não quero bala nenhuma!

Na manhã seguinte, após ser arrastada pela mãe Aflitos afora e suportar sozinha vinte minutos de Dora e Ivan trancados na casinhola, Clara voltou a esmurrar a porta. Como não lhe respondessem, somou aos socos uns fortes pontapés, enquanto chorava e gritava. Nesse exato momento passou dona Finoca da farmácia que, solícita, com um repentino brilho nos olhos, lhe perguntou:

— O que foi, Clarinha? Cadê sua mãe?

Apontando para a porta, Clara gritou a plenos pulmões:

— Mamãe está aí dentro, com o rabequeiro!

Amando-se no quartinho dos fundos da casa, Dora e Ivan não escutaram a menina. Imersos nos próprios sentimentos, também não notaram, nos dias seguintes, os cochichos e os dedos em riste das viúvas de Aflitos apontados ora para um, ora para outro, vigiando Dora em seu caminho rumo à casinha azul, pelas mãos uma Clarinha cada vez renitente.

— Vamos, Clara, anda! Venha logo, senão vou lhe bater, pela primeira vez na vida! — ralhou a mãe.

— Eu não vou, não vou, não vou!

— Ah, vai, sim, se vai! Sou sua mãe, você vai pra onde eu quero! — puxava pela calçada o corpo inerte da menina.

— Se você me obrigar, conto pro meu pai que você se tranca na casa com o rabequeiro!

Dora chegou à casinha azul muito nervosa. Voz baixa, foi breve:

— Não posso ficar, Ivan. Vim só lhe dizer que hoje Clara ameaçou contar tudo ao pai. Outro dia, quando ela esmurrava a porta, tive a impressão de ver a ponta da sombrinha de dona Finoca da farmácia passando pela janela.

Funda, a tristeza nos olhos verdes:

— Acabou, amor. Não volto mais. Adeus.

Ele não aceitou. Desesperou-se:

— Como, adeus? Não, de forma nenhuma! Agora é a hora da gente decidir tudo, Dora! Vamos embora daqui, para sempre! Você, eu e a menina! — tentou beijá-la, mas Dora o repeliu. Meneando a cabeça, respondeu-lhe, travo na voz:

— Sem o pai a Clara morre, ela é louca por ele. E ele, sem ela, morre também, não há pai no mundo mais apaixonado pela filha! Eu, Ivan, você sabe: sem a Clara eu não existo, ela é a maior e mais pura alegria da minha vida! Acabou aqui. Não é mais possível. Adeus. Vou me lembrar sempre de você, meu querido, meu único, meu verdadeiro amor.

Com um violento pontapé Ivan fechou a porta, rasgou o vestido de Dora, jogou-a no chão de pequeninas cerâmicas vermelhas e cobriu de beijos cada uma de suas muitas lágrimas. Amou-a naquele dia como jamais a amara, com tanta ternura e força que várias vezes ela perdeu os sentidos, marcada para sempre a ferro, a fogo, a desespero. Em seguida segurou a rabeca e, sentado ao seu lado, tocou para ela a música dos dois. Nua no chão, fios de lágrimas escorrendo dos olhos até os ladrilhos vermelhos, ela o acompanhou cantando baixinho, ao som da rabeca: "Se esse rio, se esse rio fosse meu / Eu inventava, inventava um barqueiro...".

Ao levantar-se, Dora deparou com o rosto lívido de seu Inácio na janela. Equilibrado sobre um caixote, ele assistira a toda a cena.

***

Jogando depressa sobre o corpo o vestido rasgado, Dora desabalou para casa. Ao dobrar a esquina de sua rua, enxergou uma fogueira de labaredas vermelhas e amarelas, cercada por uma multidão de mulheres em negro, de crianças e homens excitados a gritar em coro. Correndo até lá, chegou a tempo de ver seu Inácio atirar ao fogo o último dos seus cadernos de capa verde:

— Chega, desgraçada! Chega! Não vai sobrar um só caderno seu aqui, um só! Não vai sobrar nada teu, maldita! — ele gritava possesso, o corpo empapado de suor, o rosto empretecido de fuligem, olhos vermelhos. — Eu devia ter seguido os conselhos do seu pai, ó vagabunda! Ele sabia das coisas, ele conhecia a filha que tinha! Desgraçada!

Do outro lado da fogueira, Dora divisava alternadamente as folhas de papel desfazendo-se no fogo e o rosto apoplético de seu Inácio tremulando atrás das labaredas. Ao lado dele, Clarinha chorava convulsivamente.

— Mas você é muito pior que sua mãe! Você é puta, é puta! É puta! — bradava seu Inácio. Sem mais cadernos para lançar, começou a atirar à fogueira tudo o que lhe estava próximo: terra, lixo, seixos... até uma velha cadeira, prestimosamente passada por uma das viúvas de Aflitos, ele atirou.

Abrindo às cotoveladas caminho na multidão, Dora alcançou a fogueira e, sem hesitar um instante, ali enfiou as duas mãos. Tentava desesperadamente salvar os seus cadernos. Mas o registro, o relicário de tudo o que lhe importava na vida — a mãe louca, o arlequim, os seres do mar, o precipício, Clarinha, a mata da serra, sua capacidade de voar, o rio, Ivan —, tudo virara cinzas que o vento espalhava pela noite esvaziada de estrelas. Caiu desmaiada, mãos e braços em chagas.

Foram quarenta dias e quarenta noites de sofrimento. Febre alta, intermináveis delírios. Dora esfolou-se nas rochas, nas pedras, no sal, enterrou a cara nas fezes, queimou-se em águas vivas, feriu-se nos espinhos dos ouriços, nos mariscos, espatifou-se em rochedos, picada por escorpiões ressentidos. Num de seus múltiplos desvarios enxergou as próprias mãos enfaixadas transformarem-se em gigantescas papoulas voadoras, que vertiam sangue. Voando sobre Aflitos, viu-se a si mesma escrevendo com esse sangue duas palavras no ar, que não conseguia ler, porque as ondas do mar as encobriam. Dora escalou montanhas tão altas que, de lá, viu apenas as nuvens que tapam o mundo. Do topo de uma dessas montanhas escorregou, durante sete dias e sete noites (até a lua mudar) desabando apavorada no vazio, em dor e desespero na cama, inconsciente.

Seu Inácio de tudo tentou, consumido em agonia. Chamou a enfermeira, o farmacêutico, a parteira. Até a benzedeira, ele que não era homem dessas coisas, chamou. A cada dia Dora piorava, mais magra, mais pálida, mãos e braços purulentos, inalcançável em seu delírio. Terrível, o diagnóstico das viúvas velhas:

— Não adianta, seu Inácio — diziam elas, ar penalizado, ajeitando os véus escuros sobre os rostos. — Foi do mesmo jeitinho com a mãe dela. Um dia amalucou, saiu gritando pela estrada aí da serra (esticavam os beiços, indicando a direção), ninguém mais pôs os olhos nela. Coitado do senhor! Tão bom, tão trabalhador... — balançavam as cabeças, desoladas, davam-lhe tapinhas desajeitados nas costas e saíam, não sem antes admirar mais uma vez o belo par de chifres que ele trazia na testa.

Dora visitou cavernas pré-históricas e retrocedeu à era glacial, quando escalou geleiras abruptas e pontiagudas, que lhe furaram o coração. Mergulhou de cabeça na massa dura, resistente, quase impenetrável da dor. Descobriu o próprio corpo infectado de feridas, que empestiavam o ar da casa e punham os outros a correr. Tentou lamber as chagas, porém sob cada camada revolvida encontrava uma outra, mais funda e dolorida. Enxergou o balcão do bar, onde jazia uma massa mole, arroxeada, pulsante, que reconheceu, aterrorizada, como os gomos despedaçados do seu coração.

Certa noite, ouviu muito ao longe a voz de Clarinha que, sentada ao seu lado, segurava-lhe a mão:

— Mãezinha, fica assim não, volta pra mim! O pai nunca mais vai fazer aquilo com você, ele jurou pra mim...

Seu Inácio consumiu infindáveis madrugadas no quarto da mulher, andando de um lado para outro de cabeça baixa e mãos para trás, arrasado sob o turbilhão de sentimentos contraditórios. Apanhado de surpresa no centro do vendaval, não conseguia suportar as sensações novas que se digladiavam dentro do peito, opostas às do seu reto cotidiano de homem trabalhador e cumpridor dos deveres, habituado a um único, claro sentimento por vez. Contra o terremoto que agora o sacudia o corpo e fazia seus dentes baterem de frio no calor de Aflitos, seu Inácio não possuía defesas. Que vontade doida aquela de sair matando a todos — Dora, Ivan, as viúvas de Aflitos, ele próprio, o mundo inteiro? O que fazer com o desejo urgente de um buraco no chão o engolir, salvando-o para sempre de Aflitos, a cidade infernal que tudo vigiava e tudo conhecia, comentando cada pedacinho dos seus cornos? Como Dora ousara traí-lo, a ele, seu legítimo esposo, que a salvara da pobreza, a respeitara e tudo lhe provera ao longo do casamento, trocando-o por um maldito rabequeiro?

Aquele infinito ciúme da mulher, onde afogá-lo, como expurgá-lo? Seu Inácio arremessava a cabeçorra contra as paredes do quarto. De que forma conviver com a imagem do tal rabequeiro, o homem que envolvera Dora com uma ternura que ele jamais supusera existir no mundo e a levara ao êxtase — à mesma Dora muda, ausente, indiferente, com quem há anos ele se deitava três vezes ao mês, cumprindo religiosamente os deveres de esposo, na esperança de ela um dia acordar para ele e o amar e o desejar e sussurar-lhe ao ouvido loucas palavras de amor? Como esquecer a visão daqueles dois corpos úmidos de felicidade, que ele vira pela janela? Nunca, nem em seus melhores sonhos Dora cantara um dia assim para ele, nua, os cabelos cheios de sol espalhados pela cerâmica vermelha. O que fazer da dor insuportável que lhe subia pela garganta, inchava-lhe as veias e explodia no pranto convulso, desamparado? Como suportar o pavor repentino de perder Dora, viver o resto da vida sem os olhos verdes dela, jamais sentir nas mãos o cheiro inebriante e a maciez dos seios pequenos, que sabiam aos pães quentes de seu Trás-os-Montes natal? Jamais voltar a ouvir a voz afinada dela a cantar suas canções de menina, privar-se do seu jeito assustadiço de ser, de virar graciosamente a cabeça para o lado esquerdo, como se ali houvesse alguém, algo a temer...

Seu Inácio descobriu-se perdidamente apaixonado por Dora. A mulher que o traía e a quem ele jamais dissera que amava porque não o sabia estava inconsciente na cama ao lado, meu deus, por culpa dele! Brutamontes, animal! Corroído de penas, exausto, ao amanhecer seu Inácio deixava a cabeça tombar lentamente ao lado de Dora, cerrando os olhos para arregalá-los no minuto seguinte, de volta ao pesadelo de sua sofrida realidade.

Dora pulou vagas gigantescas de espuma, até deparar com uma pequena caverna, onde uma luz amarelada e muito intensa brilhava. No fundo do mar povoado de olhos verdes como os seus, os de sua mãe, os de Clarinha, nadou, assustada e fascinada, cada vez mais para o fundo, mais para o fundo, mais.... correntes geladas atravessaram-lhe o corpo. Mais para o fundo, para o fundo...

— Agora só resta rezar, seu Inácio. Chame o padre. Nada mais tenho a fazer. Já tentei tudo o que sabia, pratiquei toda a Medicina que aprendi na Faculdade — o médico empertigado da capital, mandado vir a peso de ouro por seu Inácio despediu-se com um aceno formal de cabeça.

Naquela noite, o som triste de uma rabeca encheu as ruas de Aflitos. Toda a cidade o ouviu, pelas frestas entreabertas de suas tristes janelas. Como um autômato Dora levantou-se da cama, abriu a porta do quarto e a da sala e ganhou a rua. Camisola branca, cabelos soltos, olhos fechados, sob a luz mortiça do lampião da esquina pareceu não sentir a chuva escorrendo dos cabelos até os pés finos, lavados para sempre os paralelepípedos da rua e os da alma. Caminhou rumo à música, aos sons que Aflitos inteira ouvia mas não sabia de onde vinha.

    Ninguém mais pôs os olhos nela. Dizem que seguiu o destino da mãe rumo à mata da serra, um lastro vermelho de sangue até hoje marcando os espinhos do seu caminho na estrada. Outros asseguram que fugiu com Ivan, o rabequista, desde então os dois vivendo juntos, ela a cantar, cozinhar e escrever, ele a tocar a sua rabeca. As viúvas de Aflitos juram ter visto, com esses olhos que a terra há de comer, seu Inácio surpreender Dora e Ivan na encruzilhada da mata e ali mesmo assassinar os dois, com o facão afiado trazido lá de Portugal. Contam os mais velhos que seu Inácio e Clara, desaparecidos de Aflitos também naquela mesma noite, encontraram Dora perdida na estrada, olhos vazados, e a recolheram, indo os três residir na capital. Já outras pessoas (poucas, mas persistentes) garantem que Clarinha fugiu do pai e foi ter com a mãe e com Ivan, e, então, sim, então os três viveram muito, muito mais felizes.

de**z**autorias

www.dezamores.kit.net
visite

Adriana Calabró Orabona vive e convive em São Paulo entre livros, anúncios, danças, sonhos, responsabilidades, contas a pagar e a receber, verdades e mentiras. Atualmente, tem uma agência de comunicação. E por falar nisso, acredita na comunicação por palavras, por sons, por telepatia e por sutilezas. adriana@expanding.com.br

Batismo de ar, Lá no interior, Serenata para Daniel e *Dupla abstenção*

Albano Martins Ribeiro aprendeu a ler e a escrever sozinho aos quatro anos. Escreve, portanto, há muito tempo, mas tomou o cuidado de jogar quase tudo fora. Ficou muito feliz quando descobriu que suas mentiras, quando escritas, se transformavam em ficção. Desde então, estranhamente, tem mentido cada vez menos. Jamais trocou um texto por algo realmente útil, mas sabe que as coisas realmente boas são as inúteis. albanomribeiro@yahoo.com

Truco, Pra ver o mar, Dedos e *Espelho baço*

Analuísa Peluso, Ana Luísa Peluso ou Ana Peluso, a "tríptica", escreve para manter-se sã. Enquanto isso desenvolve *sites* pra defender um, tenta editar um site de arte e literatura na net, o Officina do Pensamento (http://www.officinadopensamento.com.br), sem fins lucrativos (por enquanto) e procura patrocínio. Participou das Antologias *Anjos de prata* II (2001) e III (2002) e da *Antologia poetrix* (2002). ana_peluso@uol.com.br

Recorte de jornal, Pensamento de relance, Febril, Pôr-de-sóis, Algo na paixão, I lha, Antimuso do amor fatal, Ardor, Desejo e *Palavra inventada na hora*

Chico de Assis é pernambucano do Recife, 56 anos de ralação, 40 dos quais dedicados a atividades políticas, ora legais, ora subversivas, interpenetradas por atividades literárias. Passou quase 10 anos como preso político, durante o período ditatorial, fato que aproveitou para explorar em seu primeiro romance, *A Trilha do Labirinto*, premiado pela UBE-PE, em 1995. Publicou também um livro de contos, *A chave do nada*, 1997, e um outro de poesias, *Círculos da síntese*, 1981, em edições de pouquíssimos volumes e ainda menos leitores. Tem dois filhos, Romero e Ilana, aos quais considera suas melhores produções, e uma vontade incontrolável de viver a vida do jeito que a vida der. fassisfilho@globo.com

Cabaré, Do quarto ao banheiro e *A chave do nada*

Dora Castellar tem pelo menos três vidas. Numa, foi bailarina e atriz. Noutra, foi mãe de muitos filhos e viveu numa fazenda longínqua, onde plantou, colheu, ordenhou, fez pães, bolos e muitas outras alegrias. Na atual, escreve roteiros, dirige e edita documentários e programas educativos para TV e é autora de peças de teatro. E anda escrevendo contos, também, para ver se dá conta das emoções de tantas vidas — suas próprias e de gente que vai encontrando pelo mundo.

Hoje seria um poema, Refeição rápida,
Um dia depois do outro e Amarilis

Janaína Amado desde pequena adorava ouvir e contar histórias. Virou historiadora, ensinando em universidades e escrevendo livros. Em ficção, publicou os infanto-juvenis *Quem tem medo de pesadelo?* (Atual, 1991), *Terror na festa* (Ática, 1996) e *A n@ve de Noé* (Record, 2000), este em co-autoria, além do romance "Dandara" (Maltese, 1995). Acha inventar a melhor coisa da vida.

Píncaros precipícios

João Peçanha nasceu em Niterói e desde cedo envolveu-se com vários tipos de manifestações de arte. Pintou, esculpiu, escreveu, atuou, compôs, cantou, desenhou. Os contos vieram aos 17 anos e ficaram até os 19, quando foram enterrados até os 36. Daí em diante, nunca mais largou do osso (da Literatura).

Teu fígado numa bandeja, O peido, Cinema mudo e, com Thelma Guedes, *A casa dos ventos*

sara fazib é paulistana e formou-se em Turismo. Na vida e nas letras é uma viajante, que se move sob o signo da inquietação, em busca de todos os significados. slux@uol.com.br

In verso, Na hora marcada, Lua nova, Flash, Pardon, Treze, Tête-à-tête, Dia da caça, A adormecida, La noblesse oblige, Alea jacta est e *Liberté*

Thelma Guedes, carioca, vive e trabalha em São Paulo há mais de 20. Em 97, publicou o livro de contos *Cidadela ardente* (Ateliê Editorial), e em 2003 o ensaio *Pagu: literatura e revolução* (Ateliê Editorial e Nankin). Ainda este ano, lançará o volume de poemas Atrás do Osso (Nankin). Roteirista da TV Globo desde 97, escreveu para diversos programas, entre eles o Sítio do Picapau Amarelo. Colaborou nas telenovelas Vila Madalena (de Walther Negrão), Esperança (nova fase), em A Viúva Alegre e atualmente, Chocolate com Pimenta de Walcyr Carrasco. thelma.guedes@uol.com.br

A epifania e, com João Peçanha, *A casa dos ventos*

Wael de Oliveira é trifásica: tem três filhas e produz em três áreas diferentes — é psicanalista e professora universitária. Com esta publicação, toma nova posse das palavras pois não se sabia poeta até os 43 anos. wael@brturbo.com

Imaginação, Estelionato, Iônica, Sufoco, Tese, Amor barato, Jaculatória, Palavra inútil, Acalanto, Garoa, Gênesis e *Barroca*

Impresso em outubro de 2003, em papel Chamois Bulk Dunas 80g/m²
nas oficinas da Bartira Gráfica
Composto em Frutiger Light, corpo 11pt.

Não encontrando este título nas livrarias,
solicite-o diretamente à editora.

Escrituras Editora e Distribuidora de Livros Ltda.
Rua Maestro Callia, 123 - Vila Mariana – 04012-100 São Paulo, SP
Telefax: (11) 5082-4190 - http://www.escrituras.com.br
e-mail: escrituras@escrituras.com.br (Administrativo)
e-mail: vendas@escrituras.com.br (Vendas)
e-mail: arte@escrituras.com.br (Arte)